お狐准教授の妖しい推理

藤春都

一二三文庫

目次

とある昔話

ある子供に狐が憑いた。

この狐は諸子百家《しょしひゃっか》をはじめあらゆる書物を暗記していたので、狐を祓わんとする神主や僧、修験者はみな逆に論破されてしまい、ついには子供のために加持祈祷をしようとする者はひとりもいなくなってしまった。

子供の父親が困り果てて太宰春台《だざいしゅんだい》という学者に相談したところ、

「それならば私が行ってあげよう」

と太宰は快諾してくれた。

太宰はその家を訪れて、子供に憑いた狐に尋ねた。

「お前は狐ながらあらゆる学問に通じているという。それは本当か？」

「もちろんでございます」

「ならば、これから私の尋ねることにも答えられるか」

「なんでもお尋ねください。必ずやお答えいたしましょう」

狐は自信満々に言った。

「では、論語の中に『子曰《しのたまわく》』という文字はいくつあるか答えてみよ」

思いがけない質問に、狐は思わず黙り込んでしまった。

太宰は唸るばかりの狐に語りかけて、

「このくらいの質問に窮するようでは、何万冊の書物を暗記していたとてなんの役にも立たぬ。そもそも、その中の一冊でもきちんと理解しているなら、人に害を及ぼすような真似ができるはずがないのだ」

そう太宰が叱りつけると狐は恐縮して、ただちに子供から立ち退いたという。


（『嗚呼矣草《おこたりぐさ》』より抜粋、意訳）

とある思い出話

佐々木彩乃《ささきあやの》はかなりの怖がりだ。

ホラー映画はひとりでは観られないし、お化け屋敷なんてもってのほか。だから大学で民俗学を専攻すると決めたときには、友達から「あんた大丈夫なの？　だって民俗学ってお化けの勉強するとこでしょ」と言われたものだった。

それに対して彩乃は反論する。

民俗学とは、かの柳田國男《やなぎだくにお》の言葉を借りれば歴史学の一分野だ。お化けの話……民間伝承を収集するのはあくまで歴史を識るためであって、別に妖怪博士になることが目的ではない。

「ただやっぱり、怖くないかっていうと話は別だったよね……」

彩乃は涙目で呻《うめ》いた。

深夜の、民俗学・文化人類学コースの研究準備室である。

広めの部屋には事典や各種参考文献を収めたスチール棚、パソコン一式を設置した机、スキャナ、裁断機、会議机などがある。学部生が机で課題をやっていることもあればゼミに使われることもある、各研究室の共有スペースだ。

そして壁際から部屋の中央近くまで迫り出している段ボールの山、山、山。

なにせ民俗学コースである。教員や歴代の院生が収集してきた民俗資料が、ろくに整理もされないままこの研究準備室まで溢れ出してきているのだ。

ただまあ、普段は誰もが「そんなものだ」と気に留めてもいない。

彩乃も普段はそうなのだが、今夜ばかりは例外である。

『佐々木さん、悪いんだけど、来週の授業で使うから資料探してきてくれる？』

およそ大学というものは縦割り型の組織である。学部三年……研究室では下っ端の彩乃が指導教官の頼みを断れるわけもなく、段ボールの山に立ち向かわざるを得なくなったのだった。

目的の段ボールを見つけ出すだけでも大変だったが本題はこの後だ。

埃まみれの段ボールを、息を止めながら蓋のガムテープを剥いだところで、

「……ひぃ⁉」

段ボールの中には茶色く変質したお札がみっしり詰め込まれていた。

「なんでこんなものが……」

ありがちなのは、家賃の低いアパートに引っ越してみたら押入れの奥や畳の下の暗がりに貼られたお札を発見するという話だ。それはかつてこの部屋で事件があった痕で、今も死者の霊が部屋に残っているのだと。

もしやこの部屋にも、祓わなくてはいけないものがいるのではないか……

「……い、いや、まさかね」

彩乃はぶんぶんと首を振って血みどろな想像を脳裏から追い払った。

お札があるのはここが民俗学コースの準備室だからだし、これは教授が各地の寺社で収集してきたものだ。そうに決まっている。

「とにかく、とっとと終わらせよう、うん」

この段ボールの中から頼まれた品を見つけ出さなくてはならないのだ。

けれどもお札を床に並べているとまるで墓地に迷い込んだような気分になる。

研究準備室は蛍光灯が点いているが、白々とした光は人を安心させるどころか肌寒さすら感じさせる。お札の黒々とした字はさながら自分を見つめるぎょろりとした目、ぼろぼろ崩れそうな紙は幽霊の装束か。

色褪せた朱印はさながら乾いて茶色くなった血痕のよう……

「……本当に、何か出たりしないよね……」

——不意に、がたがたと音がした。

立て付けの悪い扉が外部から揺さぶられ、やがてゆっくりと開く。人のものとも思えない真っ黒な指が扉の隙間からそっと覗く。扉の向こうから黄金色に輝く目がじっとこちらを見つめて……

（出た――――!?）

「……佐々木さん？」

声は低く甘く、そしてどこか戸惑った風である。

「へ？」

「こんな遅くに、何やってるの？」

よく見れば、研究準備室の入口に立っているのは彩乃も見知った姿だった。

「榎本《えのもと》先輩……？」

同じ研究室の博士課程の院生、榎本智《さとし》である。年鑑でも取りに来たのだろう。

ジャケットと細身のパンツを合わせたラフな格好をしているが、それだけで様になるのはすらりとした体躯と下学年にも知れ渡る甘く整った顔立ちのせいか。

もう春だが、彼はいつも薄手の黒い手袋をしている。さきほど「お化けの手だ」と思ったのはこれだったらしい。

「……なあんだ」

安堵のあまり床にへたり込む彩乃に、榎本も苦笑いして、

「佐々木さん、仮にも先輩に対して『なあんだ』はないんじゃないかなあ」

「だってもう本当に驚いたんですよ、本当にお化けが出たんじゃないかって！」

顔見知りが来てくれた安心感、しかも優しくて格好いい先輩とあって、彩乃もつい

口が軽くなる。

研究準備室に入ってこようとしたところで、榎本が小さく声を漏らした。

「……と」

「あ、すみません、置きっぱなしにしてました！」

彩乃が床に放り出しておいたバッグに榎本が爪先を引っかけたのだ。

かちゃんと小さな音を立てて、持ち手からチャームがひとつ欠け落ちる。どうやら引っ掛けた拍子にキーホルダーの鎖が千切れてしまったらしい。

「うわ、ごめん！　直せるかなこれ……」

「ああ、別にいいですよ。どうせ友達からダブりだって貰ったやつですから」

アクリル製の犬のチャームである。のんきな柴犬の絵柄が気に入って付けたのだが、普段は存在すら忘れているような代物だ。

「………」

床に落ちたアクリル片を拾おうとして、榎本の動きが一瞬、強張ったようだった。

むろんそれは彩乃の気のせいかもしれず、榎本は手袋を嵌めた指先で丁寧にそれを摘み上げている。ただ一瞬の違和感は、彩乃にふと他愛のないことを連想させた。

——昔話において、犬は狐の妖怪の天敵なのだと。

「なるほど、お化けってこれのことか」

トートバッグの埃を払って改めて研究準備室に入ってきた榎本は、彩乃が床に神経衰弱よろしく並べていたお札を眺めて苦笑する。「確かにこの部屋、歴代の院生の怨念は染み付いていてそうだけどねえ……でも本当にお化けが出たなら、むしろそのお札を見て逃げ出すんじゃない？」

「おお、なるほど！　さすが榎本先輩！」

彩乃はぽんと手を叩きながら、頼りになる先輩を振り返って、

「え……？」


そして、目を瞬かせた。

繰り返すが、民俗学とは別に妖怪や幽霊について研究する学問ではない。日本各地の妖怪の昔話を収集はするけれども、〝なぜその伝承が語り継がれてきたのか〟が重要なのである。妖怪それ自体が本題ではないし、ましてや妖怪が本当にいるなどとはおそらく現代の研究者たちは思っていない。

少なくとも今まで彩乃もそう信じていた、はずだ。

「……あれ？」

ふと、影がおかしいと気づいた。

榎本は細身で長身の男性だ。そのはずが、リノリウムの床とお札に落ちた影は人とも似つかぬシルエットになっている。地面に身を伏せた獣のような……そうだ、これは狐の形だ。

榎本の身体はジャケットにパンツ姿のままだったが、色素の薄い髪の合間からはやはり狐のような耳が生え、こちらを見下ろす目も金色に――

「――お前、視えてるな？」

榎本は――優しい先輩だったはずの人物は、怪しく光る目をわずかに見開いた。

（やっぱり出た――――!?）

「え、榎本先輩はどこ……」

「残念ながら、最初からこの僕が榎本だ。お前たちが知りもしなかっただけでな」

〝榎本〟はにたりと目を細めて笑う。

「……っ！」

彩乃は怖がりではあるが、行動力はそれなりにあった。

反射的に研究準備室の入口へと駆け出す。深夜ではあるがまだ学内に残っている人はいるだろうし、人文学系棟の外に行けば守衛もいるはずだ。だが、

「おっと」

「ちょ、何す……」

腕を掴まれてじたばたともがく彩乃を、榎本は金色の目を細めて見下ろす。

「お前、なんでいきなり僕が視えたんだ？」

「知りませんよ！　って言うか、私だって見たかったわけじゃ……」

彩乃は喚く。そうこうする間に榎本は自分で勝手に答えを見つけたようだ。

「……ああ。これから連想したのか。ちっ、油断したな」

足元の彩乃のトートバッグを軽く蹴飛ばす。キーホルダーの残りの金具がじゃらりと音を立てた。

「勘が良いのは結構だが、こんな奴がねえ……」

榎本がぐっと腕を引いて顔を近づけてくる。

さきほどまでと顔つきはまったく変わっていないのに、力任せに彩乃の腕を掴む手、昔話の狐のような笑み、口調すらもまったく別人のようだ。あまりのことに頭がくらくらする。

「離して……」

「別に離してもいいが。上級生が実は狐だったと言って、誰が信じると思う？」

彩乃は思わず呻いた。

「ゼミで〝狐のあやかしが出た〟なんて言ってみろ、真面目に勉強してないと思われるだけか、その場でヒヤリング開始だな。お前の体験談が論文に載るかもしれないぞ、良かったな」

榎本は鼻で笑っている。

〝お化けを見た〟という口承の調査は民俗学の定番ネタである。きっと教授や他の先輩たちは嬉々として話を聞きに来るだろう。ただし、それが本当のことだと信じてもらえるかというと別である。

もっとも妖怪に詳しい人々は、実はいちばん妖怪を信じていない人々なのだ。

「うっ……」

実際、榎本の指摘通りなので、彩乃は黙り込むしかない。

ただし納得はできた。目の前の狐は榎本先輩と入れ替わったわけではなく本当に、最初から人間に化けて大学の研究室に紛れ込んでいたのだ。

「それにしても……」

がたがた震える彩乃を榎本は黄金色の目を細めて見下ろしてくる。

なす術もないまま彩乃はひとつだけ確信した。

——もう、きっと逃げられない。

幽霊と狐の話

「明治に入ると、妖怪伝承についても学術的な研究が始まりました。たとえば柳田國男は……名前くらいは皆さんも聞いたことがあるかもしれませんが、妖怪の話を、昔の人たちの考え方を知る民俗資料として研究するべきだと述べました」

大学の講義室に、マイク越しに彩乃の声が響き渡る。

「一方で井上円了《いのうええんりょう》は柳田とはちょっと違う考えです。妖怪とは人間がまだ解明できていない不思議な現象のことであり、人々にその原因を科学的に見極める目をもたらすことこそが妖怪学の目的である、と言いました」

彩乃は一度言葉を切って、講義を聞く学生たちを眺めた。

この『民俗学通論』は学部一年向けの基礎的な講義である。女子学生の割合が高く、入学したてのまだ緊張を残した態度が初々しい。

(ちょっと前までは私もあっち側で授業受けてたんだなあ……)

一瞬、感慨に耽った。

あれから十年弱、院生生活を経て、彩乃は大学で講義する側に回っている。

「井上は、妖怪の元ネタを調べれば自然現象の解明にも繋がるだろうと言いました。

明治時代は殖産興業、科学技術を発達させて国を豊かにしようという時代ですから、こういう考え方は広く受け入れられたのです」

スクリーンにスライドを表示しながら彩乃は解説する。

井上円了という名前こそさほど知られていないが、『妖怪は現代では科学的に説明できるものである』という考え方自体は、現代ではごく普通のものとなったと言って良いだろう。

「有名なのはこっくりさんの研究ですね。井上は科学的に解明しようとして――」

彩乃の講義に学生たちは行儀よく耳を傾けている。

(うんうん、妖怪ネタって楽しいよね)

漫画やアニメでは昔からの定番だし、映画もたくさん、書店に行けば『妖怪』『あやかし』とタイトルに入った本がずらりと展開されている。別に最近始まったわけではないが、世は妖怪ブームと言って良いだろう。

(なら、なんで私は就職できないんだろうなあ?)

講義を続けながら、内心で思わず遠い目になる彩乃である。

「しかし当時から井上への批判はありました。柳田國男もまた……」

気を取り直して講義を続け、一段落したところでうまいことチャイムが鳴った。

「出席カードを通し忘れた人はいませんか？　後で修正は大変なので早めに……」

「大丈夫ですー、先生」

念押しする彩乃に、女子学生のひとりが振り返ってから廊下に駆け出していく。

「……〝先生〟かあ」

スライドを表示していたパソコンを片付けながら、学生たちがいなくなった講義室で彩乃はぽつりと呟いた。

「まだポスドクだけどね。ただの非常勤だけどね……」

〝ポスドク〟正確にはポスト・ドクター、あるいは博士研究員。

定義としては大学で博士課程を修了、論文を提出して博士号を取得した後、任期つきの研究職に就いている者を指す。また最近では任期付きの大学教員も含めることが多い。

この〝任期付き〟というのが曲者なのだ。

現在、大学で博士号を得たところで就職先……大学や研究機関の常勤ポストがうまく空いていることは少ない。どの大学でも教授たちの退官や異動、あるいは大規模な組織再編がない限り人員配置は変わらないからだ。

そのため若者たちは、自分の専門分野に空きが出て採用されるまでは短期契約を繰り返して食いつなぐことになる。

彩乃がやっている非常勤講師というのは、大学の授業をコマ単位で受け持つバイト講師のことだ。給料は受け持ちコマ数に比例、しかも契約は学期単位。いつ「あ、来年は他の先生に決まったから来なくていいです」と言われてもおかしくはない、不安定な身分である。

なお彩乃は非常勤講師の給料だけでは足らないので塾講師のバイトもしている。正直、二ヶ所の授業準備をするだけで寝る暇もないくらいだ。

「文系で博士課程行ってもキツいって、わかってたつもりだけどさ……」

世間で文系不要論が叫ばれて久しい昨今である。「不要ではない」と彩乃は叫びたいけれども、民俗学は理工学部や経済学部のようにツブシが利かない。一生このままだったらどうしようと考えると衝動的に叫びたくなる。

「……頑張って就活しよう、うん」

拳を握って彩乃は改めて決意を固める。

「ええと、ここが十八号館前だから……」

名古屋市の隣市にあるこの春日《かすが》大学は、学生数一万を超える私立大学だ。偏差値はそこそこ、広く東海地区から学生が集まる中堅大である。

全学部と附属高校が同じ敷地にあるためキャンパスは広く、配置は一度に覚え切れるものではない。彩乃はスマホに表示させたキャンパスマップと看板を照らし合わせて目的地を探す。

大規模大学なので授業が行われている時間でも外を歩いている学生は多い。

季節はちょうど四月、各サークルの勧誘活動の真っ只中とあって、

「君、学部どこ？　生物学部？　あ、それならうちのサークル生物の先輩多いからさ、試験の過去問使い放題だよ」

「そ、それなら……」

こんな会話が漏れ聞こえてきたが、教える側としては試験は真面目に受けてもらいたいものである。試験問題も工夫して作らなければ。

そして。

（……ああ、やっぱりここにもいるんだ）

心の中だけで彩乃は呟いた。

さきほどすれ違った女子大生の足元にはふわふわした白い毛玉が転がっている。けれども彼女たちはそのことに気づかず、踏み潰しそうになっていた。

他にも、キャンパスに目を凝らせば不思議なものが山のようにいる。

工学部の実験棟近くのゴミ捨て場には赤鬼、植え込みの影には道ゆく学生を転ばせようとする槌に似た蛇、建物の向こうのメイングラウンドからもなんだか怪しげな気配が漂ってくる。

けれども道ゆく学生や教員の誰ひとりとしてその存在には気づかない。

（まさか私が〝視える〟体質になるだなんて、思いもしなかったけど……）

学生時代、先輩の榎本が実は狐の〝あやかし〟であると知った日から。

彩乃は、この世界にはたくさんのあやかしがいるのだと気付いてしまった。本来はいないはずのものがいきなり視界に現れて、しかもそれが視えているのは自分だけ。

当時は頭がおかしくなったのかと真面目に休学を考えたくらいだ。

彼らとの意思の疎通はほとんどできず、ただすれ違うだけだが、それでも心臓に悪いことこのうえない。

なお妖怪やお化けと呼ぶのが普通だろうが、榎本が〝あやかし〟と自称したので彩乃もそれに倣っている。確かにバケモノと名乗りたくはないだろう。

（論文にはできないし……くそう）

学術論文は第三者が検証できることが大前提だから、「著者には視えるが他人には視えない妖怪」の論文など公開した日には二度と学会に行けなくなる。

目の前にどんぴしゃのネタがあるのに指を咥えて見ているしかないのでは、

（ただあやかしが視えたって、無駄に怖い思いをするだけじゃない‼）

内心で叫んでから、彩乃はふう…………とため息をついた。

昔は怖がりだった彩乃だが、視えるようになってからはそうも言っていられなくなってしまった。しかしいくらクソ度胸がついても、今から会うものにだけはいつまで経っても慣れやしない。

（でも、逃げられないし……）

学生時代のあの夜の予感は今なお的中し続けている。


バイト扱いの非常勤講師と教授、准教授、専任講師では、仕事内容も待遇も大きく異なる。

そのうちのひとつが自身の研究室を与えられるというものだ。

たいていの研究室は大型机とオフィスチェア、パソコンにスキャナといった機器類、そして研究書と論文誌と書類で埋め尽くされている。長年かけて積み上げた本の量はすさまじく、地震が起きれば大惨事、教員の異動や退官の際はゼミ生総員での掃除になるのが普通だ。

おまけに大学側からうるさく言われないのを良いことに、研究室に好き勝手に私物を持ち込む教員も結構いる。

母校には「奥さんに文句を言われるから」とコスプレ衣装を研究室に飾っている教授がいた。しかしおかげで「オタクネタが通じる先生だ」と学生に人気があったからどう転ぶかは様々である。

人文学部が使用しているのは十五号館から十八号館の四棟。そのうち十五号館はもっぱら教員の研究室が入っている。

既に何度か訪れた部屋ではあるが、部屋番号を三度確認してから扉を叩く。

あらかじめ来訪時間は伝えてあった……というより先方から指定してきたので、いないということはなかったようだ。

中からの返事を確認してから彩乃はおそるおそる扉を開いた。

(ぱっと見は普通なんだけどねえ……)

ただし「研究者の部屋として」標準という意味であり、本棚は壁際に寄せて設置したぶんだけでは足らずに図書館のように並行に並べられている。着任してわずか三年でこの有様では、退官時にはどれだけ堆積していることやら。

容積(面積ではない)が早くも埋まりつつある部屋を、森の中をすり抜けるようにして進むと唐突に視界が開けた。

「遅い。二分の遅刻だ」

「これでも授業終わってからダッシュで来たんです!」

本棚の森の一角だけが拓けてやたら見通しが良くなっている。

机と椅子がない代わりにリノリウムの上に置き畳を敷き詰めて座布団を並べ、柿渋と拭き漆で仕上げた文机がひとつ。奥には畳まれた毛布と予備の座布団。文机にノートパソコンが置かれているのに一瞬ほっとするが、その横には硯と小筆が立ててある。

おおむね、江戸と令和の書斎を足して二で割ったような研究室であった。

そして古めかしいものを並べた中に、昔話の常連たるお狐様が鎮座ましましている。

「……お、お疲れ様です、榎本准教授」

背筋を伸ばしてこちらを睨んでくる榎本に、彩乃は慌てて頭を下げた。

彩乃と同様、榎本もこの春日大学に勤めている。

ただし非常勤の彩乃と違ってこちらはれっきとした准教授様だ。

院生時代はラフなジャケットが多かったが、今は英国風のスーツにきちんとネクタイを締めている。色素の薄い髪に甘く整った顔立ちは昔とまったく変わらないが、それだけで〝優しい先輩〟から〝できる社会人〟へとイメージが変わるからつくづく美形は得だと思う。

まあその美貌も、いつも仏頂面しか向けられないのではありがたさ半減だが。

「あの、先輩……ずっと正座してて腰やらないんですか……？」

「座っているだけで足腰を痛めるなんざ、人間が軟弱なだけだ」

「……さようですか」

「とにかく座れ。今日は僕が招いたんだし、座布団くらいは使わせてやる」

これも院生時代から変わらない、薄い手袋を嵌めた指でついと指さす。

どうやら置き畳は応接スペースも兼ねているようで、隅に座布団が数枚積んであった。座布団を使えというのは「勝手に自分で出せ」という意味だったらしく、彩乃は上の一枚を取ってぽすっと榎本の向かいに腰を下ろす。

文机越しに向かい合ったところで改めて一言、

「ところで、何か面白いものはあったか？」

（——やっぱり来たあああ！）

それは、彩乃にとって恐怖の台詞だった。

念のため準備しておいて良かった。内心びくびくしつつ、彩乃はバッグからタブレットを取り出して高解像度の写真を表示させる。

「最近は、こんなものを……」

写真は古い帳面を一ページずつ接写したものだ。保存状態はあまり良くなかったが、画質を調整して墨書された文字を読みやすくしてある。

「これは？」

「知り合いのひいお婆さんというのが昔、京都の八木《やぎ》邸の近くに住んでいたそうで、最近、幕末ごろに書かれた日記が出てきたそうです。……もしかしたら新発見があるかもしれないからと、頼み込んで画像でもらってきました」

幕末期、京都の八木邸と言えば、新撰組の屯所となっていた場所だ。

近隣の住民であれば出入りする新撰組隊士や幕府関係者も見かけただろうから、日記を精査すれば歴史の通説を覆す何かが出てくるかもしれない。

「ふうん……」

ひとまず、その場で突っ返されずにはすんだ。

おそるおそる様子を見つめる彩乃の前で、榎本は高速で画像をスクロールさせている。崩し字なので本来は解読するのに多少時間がかかるのだが、まるきり活字を読んでいるのと同じ速度だ。

専攻上、彩乃も古文献の読み下しはできるがさすがにこうはいかない。

（そりゃ大昔から生きてたら崩し字ネイティブだよね……くそう、羨ましい）

わずか数分で読み終えて榎本は顔を上げる。

「おい。お前はこれ読んだのか？」

「いえ、時間がかかるので私はまだ……」

「何が歴史上の新発見だ、阿呆。これは筆者の婆さん……まあ当時は若かったみたいだが、自分と土方歳三の恋愛小説だ」

「ひえぇ⁉」

「だが人間の妄想としては面白いな。……なるほど、若い女はこう考えるのか」

意外にも榎本は楽しげにページを読み返している。

しかし彩乃はただの小説を榎本に渡してしまった恐怖もさることながら、筆者の女性に申し訳ない。末裔に厳重に封印してもらうからどうか成仏してほしい。

（面白いもの、まだ知らないこと……）

榎本はあやかしでありながら、なぜか人間に化けて大学にいる変な狐だ。

その動機はひとえにこれに集約されるらしい。

――お前、何か面白いものはないか？

――まだ僕が知らないもの、読んだことのない本、解けていない謎が。

――なんでもいいってわけじゃない。僕のこの頭を使うに相応しいものだ。

あの夜からずっと彩乃はこのお狐様に振り回され続けている。

なにせ数百年を生きる狐だから古典をはじめたいていの書物は読破しており、「榎本がまだ読んでいない本」を探すだけで一苦労どころではない。

「もう、いっそ大蔵経《だいぞうきょう》でも読んでてくださいよ……」

「あんなものは二百年以上前に読んだ」

大蔵経とは漢訳された経典のことで、日本では大正十三年から『大正新脩大蔵経《たいしょうしんしゅうだいぞうきょう》』として刊行されている。その大元は、『西遊記』の三蔵法師がインドから中国に持ち帰った経典と言えばイメージしやすいだろうか。

ちなみに全百巻ある。

（本当になんだって、そんなになんでもかんでも知りたがるんだろうね？）

研究者は新しい知識を得ることに熱心、というよりそうでもなければ博士にはなれないけれども、母校の研究室でも榎本の貪欲さは群を抜いていた。

「そう言えばお前、昼飯はもう食べたか？　まだなら奢るくらいしてやるが……」

「いいえ、お弁当があるので結構です‼」

研究室の外でまでお狐様と話していたら身が保たない。

なお弁当持参なのは事実だが、貧乏ポスドクはそうそう外食する余裕などないだけである。弁当もおにぎりにお茶入りの水筒だけという質素なものだ。

「ふうん、ポスドクは大変だな」

「大変なんです、ええ」

榎本とてポスドクの実態はよく知っているはずだ。

ただし彼は院生時代から優秀だったたし、博士課程修了後すぐに専任講師として地方大学に赴任していった。同じ研究室でキャリアを積み始めたはずなのに、あまりの落差に悲しくなる。

「………」

榎本はさも楽しげにこちらを見つめている。

何を言いたいのかはわかる。この狐の准教授様は質《たち》が悪いのだ。

「……なので、先輩にここの非常勤を紹介してもらって本当に助かりました」

彩乃は座布団から降りて畳の上で土下座した。

「なに、同じ研究室で過ごした仲だ。……ま、それが、正岡《まさおか》教授に師事しながら非常勤止まりの情けない後輩でもな」

（本当に申し訳ありませんねえええ‼）

二人の指導教官は民俗学では知られた研究者である。その弟子というだけで一目置かれるのは確かだが、残念ながらそれだけで就職はできない。

（ああ、狐のお化けを発見したって論文にしてやりたい……）

「僕をホルマリン漬けにして提出できればいい実績になるのに、残念だな」

くくっと笑う榎本に、彩乃は顔を引きつらせるほかなかった。

（……先輩の本性がこんなだって、ゼミ入る前にわかってればなあ……）

榎本と同じ研究室にいたのは学部時代の一年間だけだが、その一年は〝面白いもの〟探しにこき使われ、やがて北海道に赴任していったのでこれで縁が切れると思ったら、彼は母校の正岡教授のもとにマメに顔を出しに来る。そうなると大学院に進学した彩乃ともまた顔を合わせるわけで、以下同文。

とは言え最大の問題は、

「だが僕を標本にしていたら、お前は今頃ただの一文無しだったな」

このお狐様に頼らなければ身分不安定、収入ゼロの我が身である。

もともと彩乃は別大学のプロジェクトの研究員として名古屋にやってきたのだが、そのプロジェクトが不祥事でわずか一年で解散してしまったのだ。

露頭に迷ったところに声をかけてきたのが、同じく名古屋にいた榎本である。

ちょうど自分のいる大学で非常勤講師を探しているからと彩乃を推薦してくれたのだ。短期契約の不安定な身分ではあるが働き口があるだけマシである。

（おかげで研究者ＩＤも貰えたし……）

研究者ＩＤとは日本の研究者に付与される番号である。

研究実績の参照、科研費（研究助成金）の申請などに必要なもので、基本的に大学や研究機関に在籍していなければ取得できない。研究実績を積みたい彩乃にとってこれがないのがどれだけの痛手かは言うまでもない。

とうとう彩乃は意を決して尋ねた。

「ところで……先輩、用事ってなんですか？」

わざわざ彩乃を呼んだからには新資料探し以外の用もあるはずだ。

「そう怯えるな。僕がお前に悪いようにしたことがあったか？」

先輩に会ったのが人生最悪の事件です――とは怖くて言えないが、代わりに、

「……狐は人間を化かしますから」

「違いない」

てっきりまた睨まれるかと思ったが、意外にも榎本は楽しげに笑った。

「うちの学部では今、三年後の学部再編に向けて準備を進めている」

ざっくりと榎本は本題に入った。

「学部再編っていうと、また学科名を変えたりするんですか？」

最近は定員割れする私立大学の増加が問題になっている。この春日大学は中堅で受験者数も定員以上を維持しているが、少子化が進んでいる以上、定員割れする危険は常にある。

学生数を維持するためには高校生に受験してもらわなければ始まらないので、当世風の看板学科を設置してアピールするのだ。

まあ定員割れ云々はさて置いても、社会が変われば必要とされる知識も変わる。まったく変化しない組織はそれはそれで不健全だろう。

「看板の架け替えだけですめばよかったんだけどな。……今回は人文学部をこれまでの複数学科から、コース制に完全に組み直すことになる」

「コース制？」

この春日大学には人文学部をはじめいくつかの学部があり、学部は複数の学科から構成される。榎本と彩乃が所属しているのはそのうちの歴史地理学科。よその大学もおおよそ似たような構造だろう。

「でも、学科制で何かまずいことがあるんですか？」

「ある。……数年前から、文科省が定員を厳格化するようになった」

榎本は渋い顔で言った。

もともとは地方私立大の定員割れ、あるいは一部の大学が本来のキャパシティ以上に学生をかき集めるのを防ぐための施策らしいのだが、

「学生数があらかじめ設定した定員からズレた場合、文科省からの大学助成金が減る。一割以上ズレたらアウトだ」

大学助成金は大学運営費の五割をベースに交付されるので、低く見積もっても億を超えるはずである。その億単位の金が学生数がちょっと増減するだけでごりごり削れていくのだから恐ろしい。

「でも私立大って、合格した子がみんな入学するわけじゃありませんよね？」

推薦入試を除けば基本的には、入試シーズンにはまず私立大の入試、その後に国公立大の入試が行われる。受験生は本命、滑り止め、チャレンジ校と何校か挑戦できるわけだ。

だがそれは大学側から見ると、国公立入試が終わって受験生全員が進路を決めるま

では合格者の何割が実際に入学してくるかわからないということである。

「毎年統計を取っているから、ある程度はこちらも予測できるんだがな……」

大学設立から何十年も経っていればそこまで予測値からは外れないらしい。

ただ、あくまで予測値であるから当然ながら誤差は出る。

「そのズレ次第で、文科省からの助成金が減っちゃう可能性がある……と？」

榎本が頷いた。

（……しかし、お狐様が文科省の助成金がどうとか悩んでるのはシュールだ）

スーツ姿で額に皺を寄せる榎本を眺めて思う彩乃である。さきほど偉そうに新資料を要求してきたのとギャップがひどい。

「で、それとコース制の話がどう繋がるんですか？」

「お前、人に聞いてばかりいないで少しは自分でも考えろ」

「うっ……、ええと」

大学助成金を減らさぬため大学を運営する理事会は、各学科に入学者数と定員の誤差を五パーセント内外に収めるよう求めてくる。だが一学科あたりの定員は少ないので、入学者が一人増減するだけでデッドラインを超えてしまう可能性があるのだ。

けれども一学部一学科複数コースとしたうえ学部単位で集計するのであれば、多少の誤差があっても枠内に収まる可能性は上がる。

「あとは……定員からズレるとまずいってことは、留年生とか退学者が出ても、助成金が減る可能性があるってことですよね」

入学後に自堕落になって大学に来なくなってしまう者もいるが、「期待通りのカリキュラムとは違った」「学びたいことが変わった」と悩む学生もいる。現在の学科制では入学後の進路変更が難しいので、そうなると学生はいっそ退学してしまおうかなどと考え始める。

「コースは学科とは違って、途中から変更するのは簡単なんでしたっけ？」

「いざとなればコースをいくつも同時に履修できるからな」

これまでは転科か退学するしか術がなかったものが、柔軟に進路変更にも対応できるようになるのは大きい。多様な学生の興味にも対応できる。

「そうやって学生さんが大学から逃げ出さないようにすると」

「そうだな」

学生が学部内でのコース変更に留めてくれれば学生数は変わらず、助成金も減らない。めでたしめでたし。

（……日本の大学教育ってほんとに大丈夫なんだろうか）

最近まで学生の立場だった彩乃は遠い目をするほかない。

（でも興味はあるけど、わざわざ呼び出して解説することでもないよね？）

内心で首を傾げる彩乃を目を細めて眺めてから、榎本はふたたび口を開く。

「お前、これまで公募に出したことは？」

「去年、何ヶ所か出しましたけど書類落ちでした。前に言ったじゃないですか！」

非常勤講師として採ってもらう際に説明したはずだが、いちいち言わせるあたりやはり意地が悪い。

「だって、ガチ公募かもう内定してるかなんて傍目にはわからないですもん」

「そんなものはお前の情報収集力が低いだけだ」

大学や研究機関で新たに人員を募集する場合、JREC-IN《イレチン》 Portalというウェブサイトに求人情報が出る。全国の研究者は日々それをチェックして、自分の専門分野と条件に合う募集がないかと探しているのである。

ただし応募者から公平に選ばれるとは限らない。

研究分野は細分化されているため、該当する……必要なキャリアを持つ人材がちゃんと応募してきてくれるとは限らない。そのため、あらかじめ同業者の伝手を辿って目星を付けておくことがままあるのだ。

要は先に内々定を出しておくわけだが、採用規定上、内定者がいても求人情報は出る。公募期間がやけに短かったりと区別がつくこともあるが基本的にフォーマットは同じなので、これに当たってしまうとただの手間損、むしろ明日をも知れぬポスドクは精神に大ダメージである。

　憤然とする彩乃を榎本はさも楽しげに眺めながら、

「一昨年に一人異動したせいで歴史地理学科《うち》は教員が少なくて、僕の仕事も増えてたからな。コース制に移行するついでに『従来の学科制のカリキュラムに縛られない新たなコース』をプレゼンして通して、そのついでに新規コース担当の教員を増やしていいと内諾も取った」

「それって、もしかして……」

　彩乃は目を見張った。

　繰り返すがこのご時世、新しく研究者のポストが作られることは少ない。少子化と大学改革で予算は削られる一方、大学組織は縮小される一方なのだ。手に職がつかない（と思われている）分野ではなおさらである。

「これでも歴史地理の学科長だからな、僕はこの再編では裁量があるぞ。教員の新規採用について書類選考と採用面接を取りまとめるのも僕の仕事だ」

（おおおおおお！）

　彩乃は目を輝かせて榎本を見つめた。

　榎本がわざわざ事前に彩乃に声をかけてきたからには、これはきっと。

（これが、これがコネ――――‼）

「そ、それって、公募はいつから……」

「募集するのは再編案が固まってからだ。今日明日でできるか、そんなもの」

前のめり気味の彩乃に榎本が水を差す。

そのいつも通りの冷ややかな声が、彩乃をちょっとだけ冷静にした。

(すっごい良い話だけど……でも、待てよ?)

目の前の榎本は困窮している後輩にただ親切に手を差し伸べてくれるような、そんな心優しいお狐様だったろうか。

さっき自分で言ったばかりではないか。狐は人間を化かすものだと。

「…………あの…………」

「お前にしては察しが良いな。一単位くれてやろう」

「じゃあそろそろ卒業させてください」

じりっと後ずさろうとしたが、ずっと正座していたせいで足がろくに動かず声にならない悲鳴を上げることになった。

(――ああ、やっぱり逃げられない)

それに、情けないが背に腹はかえられない。全国のポスドクがこの境遇から抜け出すべく鎬を削る中、使えるものはなんでも使うしかないのだ。

たとえ、それがあやかしとの取引であっても。

「私は、何をしたらいいんでしょう……？」

彩乃はがっくりと畳に両手をついた。

榎本はにやにやと、大学時代も彩乃にしか見せなかった酷薄な笑顔で、

「僕はこれでも忙しい。授業と準備に、会議やら学科長の仕事もあるからな」

そして念のため付け加えておくが、研究者の仕事はむろん研究である。

「たとえばそこのＨＤＤには、先月の実地調査で撮った写真が数千枚まだ手付かずのままになっている」

「……うっぷ」

聞いただけで吐き気がした。

民俗学と資料整理は切っても切れない仲だが、たいてい泥沼の関係である。研究者がみなきちんと資料を整理しているなら、母校の研究準備室に段ボールが溢れ返っていたわけがないのだ。

「だって、先輩のゼミにも院生はいるでしょう⁉」

「僕はまだ院生の指導資格は持ってない」

修士課程、博士課程の学生を指導するにはまた別の認可が必要となる。学部生はいるが、自身の就活もあるから戦力としてあまり当てにはできない。

「そしてこれは僕が一昨日から二晩かけて作った、学科の自己評価レポートだ」

古風な文机の端にはクリップで留めた分厚い紙束が積んであった。

Ａ４のコピー用紙でおおよそ百枚ほどあるだろうか。

「達成評価はわかりますけど、それにしても百枚……？」

「研究者だからな。自分たちを褒めるにあたってもエビデンスが必要なんだ」

想像するだに虚しい作業である。昨今は教授と言えども安穏としていられないご時世だが、そこまでして書いたものを文科省の担当者はどう読んでいるのやら。

「それにも目を通しておかなければいけないし……」

文机の端に積んである冊子には『学生指導マニュアル』とあった。

文科省もそうした資料を各大学に配布しているし、大学側が独自に作成することもある。彩乃も非常勤にせよ〝先生〟なのでプリントはもらった。

しかし大学が各教員に配布したらしいその冊子は、背表紙の幅が一センチ近い。ぺらぺらとめくってみるとセクハラやアカハラに関するページが多かった。「異性の学生と密室で二人きりになるのは避けましょう」「指導する際にはこのような言葉遣いを……」など内容は具体的である。そして分厚い。

「……さっきからちょっと気になってたんですけど」

呻いて、彩乃は置き畳コーナーの隅を示した。

そこにはナイロン地の毛布のようなものが畳んで置いてある。あれはもしや、

「先輩、あそこにあるのって寝袋……」

「お前、学科長がそうそう家に帰れると思っていたのか？」

「……今まではそう思ってたんですけど……」

研究室の一角にわざわざ古風なスペースを設けているのはてっきり古いインテリアが好きなのかと思っていたのに、あまりの世知辛さに涙も出ない。

しかし連日寝袋生活にしては、榎本の細身のスーツには余計な皺ひとつない。

「服とかどうしてるんです……？」

「僕と人間を一緒にするな」

陽光に透かしたような髪も優しげな顔立ちも、結局は人間を化かすための幻だ。それに比べれば身嗜みを整えるくらいはお手の物らしい。

すごいといえばすごいし、正直、羨ましいような気もするのだけれども、

（齢数百歳のお狐様がいいんですかそれで）

今日いちばんの遠い目をした彩乃だった。

「――とまあ、僕は忙しい。僕の力を貸してくださいと土下座して言うなら、当然、手伝いくらいはするつもりがあるんだろうな？」

いつの間にか雑用に加えて土下座も付け加えられている。

これは後から聞かされたことであるが。

優秀とは言え三十代後半で准教授の榎本が学科長を務めるのは少し早いように思えたのだが、実際、中堅が担うことが多いらしい。

その理由はとにかく仕事が多いからである。

「で、でも、そんな仕事を私が代わりにやっていいんで……」

「僕の仕事が遅れれば学部再編も先送りになるぞ。それまで非常勤続けるか？」

「喜んでやらせていただきます」

彩乃はふたたび土下座した。

＊

ずっと人間が嫌いだった。

それでも昔はマシだった。奴らは自分たちの領域にずかずかと踏み込んでおきながらこちらをバケモノ扱いして勝手に喚き散らすけれども、それでもどこかで自分たちを畏れていたからだ。

だが今はそれすらない。

〝科学〟だかなんだか知らないが、奴らは自分たちをあろうことか「きっと気のせいだろう」と言い始めたのだ。今では自分たちの存在など目にも入らぬとばかりに、山々を切り開き、石を積み上げて塔を建て、己こそが世界の支配者と言わんばかりの顔をしている。

いや、目に入らないのではない。

実際にもう、自分たちは彼らの目には視えていないのだ。

それは致し方ないこと——かもしれない。自分たちと奴らはそもそも在り方からして違う。わずかながらも関わり合っていた時代が例外で、お互いをないものとして在るのが正しいのかもしれない。

だから自分が感じているのは、隣人を忘れた人間へのただの苛立ちだ。

別にいまさら人間に関わりたいと思っているわけではない。

(——だが、奴のことは別だ)

人間に化けて人間に紛れて、あろうことか〝科学〟の塔に巣を作っている。

いったい何を考えているのか。

人間に一矢報いるためならばいい。だが、それ以外の理由だったら。

(どれだけ馬鹿なことをしているのか、知るがいいさ)

*

彩乃はよたよた十八号館の廊下を歩いていた。

「…………眠い…………」

この三日間で合計五時間しか寝ていない。しかし非常勤の立場で授業に遅刻、あるいは授業でポカミスでもやらかした日には契約更新が危うくなる。

その緊張感でどうにか授業は無事に乗り切ったものの、講義室から出るなり糸が切れて、今なら廊下でも熟睡できる気がする。

「よくもまあ……これだけネタがあるもんだよね……」

宣言通り、翌日から榎本はありとあらゆる雑用でこき使ってくれた。

今朝までやっていたのは、ネットで拾った迷惑行為の写真に不仲な同級生の実名を付けてＳＮＳで拡散しやがった学生の特定である。

アカウント名は本名とまるで違うものが使われていたが、彩乃は過去の投稿をすべてチェックして発信者特定に繋がりそうなものを洗い出した。容疑者は数名にまで絞り込んだので、あとは榎本や被害者に確認してもらえばいいだろう。

（こういう仕事まで学科長がやらないといけないとは……）

ろくでもない作業ではあるが、では誰に任せるのが適切かと言われると難しいところである。そんな割り振りようもない雑務が榎本に集中しているのだ。

「えーと、次は……」

本来、彩乃がこの春日大学に来るのは授業がある日だけで良いのだが、榎本の雑用のために塾講師のバイト以外はずっとここにいる気がする。正直、院生時代もここまで院生室に居着いてはいなかった。

「……お」

ふらふら歩く彩乃を、窓の向こうからじっと見つめてくる影がある。

昼間なのにその顔立ちははっきりせず、五階であるにもかかわらず窓に張り付いて落ちる気配すらない。そして何より、窓に影が映っているくせに本体はどこにも見えない。

彩乃がぱたぱた手を振ってやると、なんとなく影が目を丸くした気がした。

(今はもう障子なんてないからなあ……)

障子に影が映るのに決して家には入ってこない女のシルエット、影女。

『今昔百鬼拾遺《こんじゃくひゃっきしゅうい》』に載っているくらいのメジャーなあやかしだが、最近は仕方なしに窓から外を眺めているようだ。

「……あ、行っちゃった」

怖くないわけではないが、こちら側には来ないとわかっていればマシだ。昔はそれでも泣き叫んでいただろうが、すっかり図太くなってしまった。

それよりも今は榎本に言いつけられた用事だ。

「十八号館の、屋上の鍵……」

この十八号館は五階建てで、さらにその上に屋上がある。

ただし建物が老朽化して危険であるため現在は封鎖されている。そのはずなのだが、最近、学生が屋上に侵入するケースが続出しているのだ。

『鍵は開いていた、入ってはいけないとは知らなかった』

学科長に説教を食らった学生たちはそう主張したという。

彩乃《えのもと》とて最近までは学生だったので大学の屋上で飲み会をしたい気分はわかるのだが、〝先生〟側に回るとこんなに面倒だとは思わなかった。

「いっそ、あの影女ちゃんが脅かして止めさせてくれないかなあ……」

階段を五階まで登り終えたところにはトイレがある。

古い建物だがさすがにトイレには改修が入っている。人文学部は圧倒的に女子が多いので、トイレまで汚いとあっては受験生が激減するからだろう。

まあ、それも『ゴキブリホイホイ実験中』の貼り紙で台無しの感があるが。

これも後で聞いた話だが、生物系の研究室で捕ったゴキブリの数を競っているらしい。競争原理でキャンパス内から人類の敵が駆逐されるならありがたいが、できれば人目に触れないところでやってほしい。

なんとも言えない気分で通り過ぎ、屋上へと続く階段に足をかける。

そこで、不意に彩乃はすんと鼻を鳴らした。

（……なんか、焦げ臭くない？）

これが工学部であれば「どこかの馬鹿が失敗したんだろう」ですむが、今いるのは人文学部棟である。何かが燃えるような事態がそうそう起こるわけがない。

彩乃はとっさに駆け出す――前に、

「万が一のため……で、あってちょうだいよ‼」

踊り場近くに設置してあった消火器を小脇に抱えてから、改めて臭いのする方角へと走り出す。できればこれが役に立たずに終わってほしい。

だが期待はたちまち裏切られた。

みるみるうちに彩乃の視界を煙が満たし、つんとする臭いが鼻を刺す。

せめてもの救いは五階にあるのはもっぱら資料準備室や多目的室で、授業のため廊下を歩いている学生がいなかったことか。

火元とおぼしき資料準備室の扉を開けると、初老の女性がへたり込んでいた。

「大丈夫ですか⁉」

駆け寄った勢いのまま消火器の中身を放射する。灰色の煙をピンク色の消火剤が一息に吹き散らし、彩乃の視界をくすんだ色で埋め尽くした。焼け焦げ臭と消火剤のアンモニア臭を同時に吸い込んだせいで何度か咳き込む。

（――何？）

ふと、視界の端に何かがちらついたような気がした。

けれども今見えているものと言えば煙に消火剤に乱暴に積み上げられていた資料とごちゃごちゃだ。何かが――そう、白い動物のようなものが視えた気がしたけれども、ただ煙の動きをそんな風に感じただけだろう。

ましてや自分を眺めるその動物の、片目だけが光っただなんて。

「こっちに！」

女性の手を力任せに引っ張る。小柄なせいか彩乃を見て冷静さを取り戻したのか、意外にあっさり女性を廊下へと引きずり出すことができた。

そこに、煙と臭いに気づいたのか事務員の男性がこちらに走ってくる。

「ちょっと、火事……」

「何か燃えたみたいです、もう中には誰もいません、火が消えたかどうか……」

「――、わかりました！」

その男性は資料準備室を覗き込んでから応援と消火器を取りに走って行った。ただもう焦げ臭さが強くなる気配はないから、さきほどの彩乃の一撃でほぼ消火できたと思って良いだろう。

「良かったー………」

彩乃はずるずる廊下にへたり込む。

ほんの数分の出来事だったはずだが、まだ、あの煙と消火剤に包まれている気がする。シャワーでも浴びて臭いを落とさないと夢に見そうだ。

ぐったりしていると、さきほどの女性が気遣わしげにこちらを覗き込んできた。

「本当にありがとう、佐々木先生」

「い、いいえ、当然のことをしたまでです」

（……私の名前を知ってる？）

人の顔を覚えるのが苦手な彩乃はここでようやく思い出した。女性は守谷《もりや》教授、人文学部で中世日本文化を教えている教員だ。

改めて眺めてみると、柔らかな色のスーツにシルバーヘアの上品な女性である。知的なマダムという雰囲気で、世間一般でイメージされる〝教授〟とはきっとこのような人物だろう。

（絶対に、寝袋生活をあやかしパワーでごまかしたりしない人だな……）

「設備が古くなっていたのかしらね。定期点検はしていたはずなのに」

守谷教授はどこか悔しそうに唇を噛んでいる。

動転していて気づかなかったが、確かに煙が発生した時点で火災報知機が作動しなかったのはおかしい。

「施設課には私から連絡します。あなたはまず保健センターに行って頂戴《ちょうだい》」

保健センターとは学内のいわゆる保健室である。

言われてようやく彩乃は手の甲に軽い火傷を負っていることに気づいた。おかしなもので、怪我をしたと気づいた瞬間からじくじくじく痛くなってくる。

「はい。……お気遣いありがとうございます」

焼き焦げ臭が建物に広がっていったものか、五階の踊り場は様子を見に来た学生やそれを追い返そうとする事務員でごった返している。「ちょっと通してくださいね」と言いつつすり抜けるだけで一苦労だ。

「うそ、火事？　ここコンロとか何もないじゃん、なんで？」

「さあ……」

野次馬しに来たらしい女子学生グループの会話が聞こえてくるが、正直、彩乃がまず教えてほしいくらいだ。

「ねえ……そう言えば、聞いたことある？」

（……ん？）

女の子どうしの、秘密を共有しようとするときのトーンに変わった。

彩乃には少し懐かしい空気だ。しかしこの雰囲気からすると、その続きは。

「あー、あれ？　さすがに関係ないでしょ、どこにでもあるじゃんあんな話」

「え、何、何かあるの？」

　グループの一人は知らない話だったらしく、困惑した声を漏らしている。

「わたしもサークルの先輩に聞いただけなんだけど……でも実際に昔、十八号館であったんだって。国際の子が卒論が書けなくてプレッシャーになって、ここの屋上で灯油を被って火をつけて、その体験で論文を書こうとしたって。でも燃えたまま屋上を転がり回って死んだって……」

（私、もう火元に飛び込んじゃったんですけど――!?）

　必死で消火したのにまさかこんな怖い話だったなんて。歳を食って図太くなったつもりでいたが、だからと言って怪談の発信元に突入したいわけではない。

　そして、さらに彩乃の心胆を寒からしめるものが現れる。

「ずいぶん騒いでるけど、何かあったの？」

「榎本先生‼」

　きゃあっと、火災現場にはあまりに似つかわしくない華やかな声が上がった。

　どうやら別棟で会議か授業をしていて、遅れて駆けつけてきたようだ。

「それがぁ、あたしたちもよくわからないんですけど、資料準備室で……」

　我先にと榎本を取り囲む女子たちの勢いに、男子学生が思わず退いている。

　そして彩乃はと言えば内心げんなりどころではなかった。

（いや院にいた頃からそうだったけどさ、知ってるけどさ……）

なにせ榎本は顔と外面だけは最高だし、ましてやここでは〝優しくて格好良くてついでに独身の准教授〟である。女子学生にアイドルめいた扱いをされるのはもう仕方ない面もある。

「それでぇ、これ幽霊の祟りなんじゃないかって……」

「誰の幽霊？　この大学にもそういう話があるの？」

まあいちばんムカつくのは、本性を隠してにこにこしている榎本なのだが。

（それってセクハラってやつじゃないんですかねえ⁉）

ひと昔前ならいざ知らず、現在では学生にハラスメント行為をしたと学外に知れたら、新聞デビューのうえ懲戒解雇や減給処分である。分厚い学生指導マニュアルにも「異性の学生と密室で二人きりにならないように」など長々と対策が書かれていたくらいだ。

榎本には女子学生の側から寄ってきているのだが、腹が立つのは仕方ない。

「あ、先生、私は前にその幽霊ってやつ見たんですよ！　そこ通ったら……」

「そんなのただの見間違いに決まってるでしょ」

まあまあと女子学生を宥める榎本の、目が一瞬、金色に光った気がした。

人文学棟の小火騒ぎの話はたちまちキャンパス中に広まったようだ。

警察の捜査ののち五階への出入りは禁止されたのだが、人文どころか他学部からも野次馬が来るくらいだ。火災報知機の不具合の件で後日、業者の総点検が入る予定なので、それまで変に弄られないよう願いたい。

「…………」

ともあれ今は静かな五階の廊下を、榎本は一人かつかつと歩いていく。

『立ち入り禁止』の貼り紙があるが教員であれば融通は利く。それこそ「佐々木さんが落とし物をしたらしいので」とでも言っておけばいい。

『――よう』

廊下の中ほどまで進んだところで榎本は足を止めた。

『おお、怖い怖い。そう睨むなよ、俺とテメェの仲だろ』

うっすらと視界が暗く揺らいだ。

先日の小火の続きと言わんばかりに、廊下はたちまち炎の熱、そして白い煙と焼け焦げ臭で満たされた。人間であればパニックになって逃げ出すだろうが、タネを知っていればどうということもない。

「僕にわざわざ幻を見せなくてもいいだろう」

『ちっ、……こんなのは気分だよ、気分』

面白くなさそうな舌打ちとともに、煙は収束してとある動物のかたちを取った。

四本足で廊下に佇む狐である。

大きさはそこらの中型犬ほど、つまりは普通の狐と同じだが、白い煙を集めて作った身体には陰影や立体感がない。まるで狐のいる一角だけ和紙のちぎり絵で描かれているかのようだ。

その二箇所だけ、空気に溶けるように煙の輪郭が揺らいでいる。

狐の左前脚は床に付かず、そして狐の左眼は何かに穿《うが》たれたかのようにぽっかり穴が開いていた。

『久しぶりだな。だいたい百年ぶりくらいかあ?』

「正確には百五十一年と三十日だ」

『あーあー、いいんだよ、そんな細けえことはよ』

実際は一・五倍の差があるわけだが、あやかしは時間に無頓着だ。

長い間ただ在り続けるだけではそれも仕方ないことではあるけれども。

「……この地方には、お前がいることを忘れていた」

狐のシルエットを見下ろして、榎本はあからさまにため息をつく。

『俺も忘れてたさ』

締め切られた廊下で、煙の輪郭がかすかに揺らいだ。

『だが、この〝科学〟の総本山で人間と馴れ合っている奴がいると聞いて思い出した。そんな馬鹿はテメェしかいねえ』

科学――人間が生み出した叡智にして、あやかしをいないと決めつけるもの。

大学とはそれを象徴する象牙の塔であるとされている。

「……僕には僕の目的がある」

『ああ、百年前に言ってたっけな。人間にやられっぱなしなのが悔しいって』

「孫子《そんし》曰く、彼を知り己を知れば百戦殆《あやう》からず。そも……」

『ああ、ああ、別にいい。テメェの御託は昔に聞き飽きた』

話の腰を折られて榎本はむっと押し黙る。

『けどよ、テメェがどれだけ人間の〝学問〟とやらに憧れてるのか知らねえけどな。当の人間様どもはいざとなればあのザマさ』

こいつが言っているのは先日、ちょうどここで起きた小火騒ぎのようだ。

昔に自殺した女子学生の祟りだのなんだの、学生たちの間ではかなり噂になっているようだ。特に榎本は民俗学が専門なものだから「せんせーい、本当に幽霊っているんですかあ？」と十七回ほど尋ねられた。

むろん人間どもとて、本当に祟りとは思ってもいないだろう。

「――お前。この大学で、何をやった？」

けれども、あやかしはいないわけではない。

人間と科学から少し離れたところに、こうして確かに存在している。

『さあて。何をやったと思うよ？』

煙でできた狐は鳥獣戯画のような仕草で肩をすくめた。

その拍子に左眼がどろりと溶けて、穿たれた穴がさらに大きくなる。

（こいつ……）

ずいぶん前に同胞《なかま》から聞かされたことがある。

昔、ある狐が人間どもの戦を眺めていたら鉄砲の流れ弾に当たってしまった。狐はそのせいで左眼と左足を失って、今でもずっと人間を恨んでいるのだと。

『おっと、こいつはもしかして、学者狐サマが好きな〝謎〟ってやつだったか？

――それとも、人間に化けてるうちに人間になっちまったってか』

学者狐というのは同胞が自分を指して言う呼称だ。榎本自身は気に入っていないというか、学問をする狐が自分しかいないのはどうかと思っているのだが。

「馬鹿を言え。僕はこれ以上、仕事が増えるのは御免なだけだ」

ただの雑用は彩乃に押し付けられるが、学科長の権限がなければできないことも多い
……というより、実はそんなものばかりなのである。

「それに。お前風情に、たいしたことができるわけがないんだ」

『………』

苛立つ気配があったが、これは煽り言葉ではなく純然たる事実である。

人間どもがどう思っているかはともかく、あやかしにはそうたいした能力があるわけではない。榎本や狐のように私情で動くものは少なく、ただ長い時間を在るだけのものがほとんどなのだ。

「お前ではなく、人間どもの……」

「——あれ、先輩？」

そこで、階段の踊り場のあたりから声がした。

「——私ってばこの間へアピン落としたみたいで……あれ友達にもらったやつで気に入ってたんですよねえ。そこらへんに落ちてないです？」

ぱたぱた階段を上がる足音がする。

声しか聞こえないのに、鈍臭い仕草の彩乃の姿が目に浮かぶようだ。

『なんだ、あのやかましい小娘は。テメェの知り合いか？』

「不本意ながらそうだ」

榎本の苦々しい表情が面白かったのか、狐は軽く肩を揺らしてから背を向けた。

なおポスドクの彩乃は三十歳手前、世間的には小娘などという歳ではないのだが、長く在るあやかしは短命の人間などみな小童《こわらわ》扱いである。

『邪魔が入った。どうせなら、今度は静かなときに会いたいもんだな』

「それなら、あの小娘が寿命で死んだ後にしてくれ」

榎本の憎まれ口には応えず、白煙を吹き散らすようにあっけなく狐は消えた。

ほぼ入れ違いに彩乃がようやく姿を見せる。

「……あれ、先輩、誰かと話してませんでした？」

「お前の気のせいだろ」

「いや、でも確かに声がしたんですけど……」

答える代わりに、榎本は足元から拾い上げた髪留めを放り投げた。

＊

「ところで、この間の公募の件だが」

例の畳敷きの研究室で、家主の言葉に彩乃は思わず身を乗り出した。

「なんです⁉　やっと詳細と公募の日程が決まったんですか⁉」

「もしかすると、新規採用がなくなるかもしれん」

「……………は？」

ぴしりと、彩乃はたっぷり十秒ほど固まった。

ここしばらくお狐様の傍若無人と雑用の嵐と睡眠不足に耐えているのは、ひとえに常勤《テニュア》に採用してもらえそうだからだというのに、いきなりそれがなくなりそうだと？

「ちょっと待ってください、学科長の権力があればなんでもできるぞ！　とか言ってたのは先輩じゃないですか、あのえらっそーな態度はなんだったんですか!?」

「……別に僕はそこまでは言っていないぞ」

ばん！　と文机を叩いた調子に積み上がった書類が畳に散らばり、彩乃はじんじんする手で慌ててそれらを拾い集めた。

「昼に学部の定例会議があって、小火も問題になったんだ」

「……そりゃそうでしょうね」

どこの責任かはともかく、学生の安全に関わる事件なのだから当然である。

「そもそも十八号館には建て替えの話は前から何度も出ていたんだが、工学部の反対で先送りになっていたんだ。人文より工学部に最新設備を入れたほうが保護者ウケがいいからな」

「人文って本当に悲しいポジションですよね……」

「ただ、実際に事件が起きたとなるとそうはいかない。今度こそ建て替えが具体化するんじゃないかという話になっている。ちょうど学部再編もあることだし」

「……それは、いいことでは？」

そのいい話のせいでなぜ自分の就職が消えかけているのかわからない。

「有り体に言えば、理事長のコネ採用のせいだな」

この春日大学の理事長は研究者ではないが名門大学の出身で、各地で活躍する研究者にはかつての同窓が多いらしい。

そうなると、そのお友達から「うちの学生を雇ってくれ」と頼まれるわけだ。

「お前、廊下で貼り紙を見なかったか？　ゴキブリがどうとかいう」

「ああ、ホイホイの実験してましたね。まあ駆除してくれるなら別に……」

「その応用昆虫学の研究室がひとつだけならな」

彩乃は目を瞬かせた。

「だから、応用昆虫学だ」

あいにく彩乃は民俗学や歴史学以外の用語にはきわめて疎かった。

「え、えーと、あの虫が専門の人が三人も五人もいると……？」

殺虫剤の開発であれ強い生命力の探究であれ、需要のある研究テーマには違いないだろう。だが昆虫関係の授業しか開講しないというわけにはいかない。

「生物学部でも持て余していて立場が微妙らしい。……それで、人文学部がコース制に移行するならその連中を引き受けろと言ってきた」

「人文でいったい何を教えろと⁉」

「知らん。昆虫食文化学の授業でも作るんじゃないか」

　榎本もあからさまにうんざりした顔だ。

「これまでは適当に言い逃れてきたんだが、ここで建て替えの話が出てきた」

　少しずつ話が繋がってきたが、まだ全容はよくわからない。

「今、建て替えの素案を作るとなると、生物系の実験室を勝手に作られかねない。居座られたら最後、追い出すのは難しいし……理事長の人脈で採用された連中だから理事会も恐らくだんまりだ」

　学部再編は教員の仕事だが、建て替えは理事長すなわち大学運営の領分である。准教授の榎本はそちらにはあまり口を挟めない。

「下手をするとコースの編成そのものからやり直しになる。……そうだな、文化人類学コースを新設するなら昆虫チームの出番もあるだろうさ」

　文化人類学というのは欧米ではメジャーな学問分野で、人間の生活様式のありかたを研究するものである。言語学や歴史学、生物学、芸術学などいくつもの分野にまたがるので、どんな研究者でも組み込み放題だ。

「そうなると、どうなるんです？」

「そいつらで人文学部の教員枠を使い切って終わりだな。公募は当分なしだ」

　あっけらかんと言い切られて彩乃は呻いた。

「くっ、理事長のコネめ……‼」

「お前だって僕のコネに頼りきりなんだから同じ穴の狢だろうが」

ごもっともである。

「それに、そもそも人間が公平だった時代などありはしないんだ。諦めろ」

人ならぬ狐のあやかしが言うとひどく説得力のある言葉ではあった。

「人文学部の他の先生は何も言ってないんですか？」

「文科省に提出するカリキュラム案も丸ごと作り直しになるからな。大半は反対だが……ただ、守谷さんが『このまま建物を放置したらまた佐々木先生のような被害者が出かねない』と主張していて、それはそれで正論だから反論しづらい」

「私かあああ！」

がくりと畳に手をつきつつ、彩乃は先日の守谷教授の姿を思い出す。

いかにもきちんとした人だと思ったが、あの〝ちゃんとした感じ〟がまさかこんなところで響くとは思わなかった。

（……たかが小火ひとつで、ここまで話が大きくなるとは）

「それって、なんとかならないんですか……？」

だが彩乃も諦めきれない。なんといってもようやく掴んだ就職の糸口なのだ。

問われて、榎本はどうということのない口調で、

「まあ……あの小火がただ老朽化のせいじゃないとわかれば守谷さんも納得するだろうし、わざわざ案を修正することもないという話になるんじゃないか」

いくら理事長の意向とは言え、年単位で進めてきた再編案を一から作り直したくはないだろう。榎本に限らず教員は誰しも忙しいのである。

しかし、彩乃は目を瞬かせて、

「でも、この間のあれはたぶん失火だろうって聞いたんですけど……」

（いや、待ってよ）

たちまち彩乃の顔から血の気が引いた。

「あの、それって……例の屋上の幽霊のことを言ってます……？」

事件直後に女子学生が噂していた、屋上で自殺したという学生のことだ。

もともと学生には知られていた話らしいが、小火事件の後は話題沸騰だ。自分も幽霊を見たと主張する学生が何人も現れ、彩乃など先日、屋上に忍び込んで幽霊を測定しようとした物理学科の酔っ払いどもを捕まえたばかりである。

「…………」

そこで、彩乃はまじまじと榎本を見た。

幽霊はともかく、目の前に齢数百歳のお狐様は確かにいるではないか。

「さあな」

榎本は肩をすくめて、

「ただ本当に幽霊とやらの仕業なのかはともかく、それを見分けられる眼を持つ奴でなければ、たとえ調べても徒労で終わるだろうな」

（最初からそのつもりだったな、このお狐様――！）

どうりでくどくど面倒くさい学内事情の話をすると思った。

小火は人文学部棟で起きたので、学科長の榎本も後処理には駆り出されているはずだ。その作業量がどの程度かは知らないが、寝袋に入る時間すら減らされているのは間違いない。

要はいつもの雑用の続きなのだ。とは言え、

（まさか幽霊まで調べさせられるとは思わなかったけどね‼）

たかが小火とは言え、榎本がわざわざ指示してきた以上は学生の悪戯で終わるはずもない。お狐様は無茶しか言わないが、根拠のないことは決して言わない。

（……でも、断るなんてできないし）

なにせ就職がかかっている。この〝就職〟の一語に振り回され続ける我が身が虚しいけれども、研究者という茨の道を選んでしまった以上は諦めるしかない。

しかし幽霊である。

榎本の本性を知ってからというもの、我ながらずいぶん神経が図太くなったと思っ

ていたけれども、だからと言って平気なわけではない。

（こ、このお狐様に比べたら、怖いものなんて……）

虚しいことをうだうだ考えている彩乃の内心を知ってか知らずか、

「同門とも思えない情けない後輩のために、ひとつヒントをくれてやる」

「それはどうも！」

「幽霊かはともかく、あやかしが関わっている可能性は否定しないが——ただし、あやかしだけでも事件は起こせない」

静かに、しかし断定調でもって語られる言葉に彩乃は目を丸くした。

この大学のキャンパスにも多くのあやかしがいるが、彼らは人間に視られることもなく、袖振り合わぬ隣人としてただ静かに存在している。

「でも先輩のさっきの言い方からして、無関係ってわけじゃ……」

「——人間は結局、見たいものしか見ないからな」

突き放すように低く、諦めたように暗い、吐息のような声音だった。

けれども、あるいはだからこそかひどく実感をもって響く。

「でも……それだと、私は視たいから視てるってことになりません？」

「それは、お前が在ると思って視ているからだ」

だんだん会話が禅問答じみてきた。

「そうと思って視れば視えるし、そんなものはいないと思っているなら、たとえ得体の知れないものを見たところで理由をこじつけて勝手に納得してしまう。人間なんてそんなものだろ」

そんな話をつい先日、彩乃は授業でしたばかりだった。

明治以降の科学の発展にともなって、妖怪は迷信、あるいは未知の自然現象をそう思い込んでいるだけだということになった。現在、その考え方は人々に染み込んでいると言って良い。

彩乃にあやかしが視えるのはお狐様がこの世に実在すると知っているからだ。

〝もしかしたら〟他にもそんな存在が目の前にいるかもしれない――と。

けれどもその前提がない人々には、目に入ってもそうと認識できない。

彩乃は恨めしげにお狐様を見上げて、

「先輩のほうがよほど詳しいんですから、自分で調べりゃいいじゃないですか」

「僕は忙しいんだ。お前、代わりに火災報知機の検査の立ち会いやるか？」

「……遠慮しておきます」

どのみちただの非常勤でなんら権限のない彩乃には無理な仕事なのだが。

「…………」

ふと、榎本がため息をつく。

「それにしても、学問。学問ね」

ぼやく榎本の手元にはノートパソコン、そして会議の資料や書類が積み上げられている。今夜じゅうに片付けなければいけないものだろう。

「昔、学問を立派に修めたならば他の人間を傷つけるような真似はできないはずと言われたんだがな。……だが学問をする場所でも、ろくでもないことはいくらでもあるもんだ。わけがわからん」

彩乃は目を丸くする。この富士山よりプライドが高いお狐様が、まさか「わからない」などと口にすることがあるとは。

ただ、それはお狐様の本音ではあるようだった。

＊

びょうびょうと足元を風が吹き抜ける。

（――ああ、なんで私はこんなに駄目なんだろう）

小さい頃は「お前は真面目で良い子だね」と先生にも他の大人たちにも言ってもらえた。いつも真面目に課題をこなして、周囲の言うことをちゃんと聞いて、きちんとした格好をしていれば、きっと幸せになれると思っていた。

けれど違った。

『どうしてできていないんだ、お前、本当にやる気あるのか⁉』

違うんです、一晩中ずっと課題に取り組んでいたんですけど、とうとう書き上げられなかったんです。やらなかったわけではなくて、やったけど白紙のままなんです。ごめんなさい。

自分がこんなにできないなんて思わなかったんです。ごめんなさい。

「ごめんなさい」

――そして、彼女は一線を越えた。

*

「まさか、一人で肝試しをする羽目になるとは思わなかったよね……」

ごうごうと風の音を聞きながら彩乃は呻いた。

ここは十八号館の屋上だ。先日、彩乃が鍵をチェックして封鎖しようとした場所であり、現在、学内を席巻している怪談の舞台でもある。

榎本に小火騒動の解決を命じられた後、彩乃はまずここに来た。

「刑事は現場百遍って言うしね。いや犯人いるのか知らないけど」

なお怪談の概要は、先日、廊下で耳にしたものでおおよそ正しかったようだ。

人文学部の国際文化学科――昔の話だそうなので、当時はまだ英文科だったかもしれないが――の女子学生が、卒論を書き上げられそうもないと思いつめ、この屋上で灯油を被って自身に火を点けた。けれども〝己が燃える体験〟など書き上げる間もなく、この屋上で苦しみ抜いた末に亡くなった――。

「………」

その様をありありと想像してしまい、彩乃はぶるりと身を震わせた。

いつ頃の話なのか――そもそも実際に起こった話なのかもわからないが、現場にいてあまり気分の良いものではない。

「幽霊かあ……」

なおあの後、榎本に「結局、幽霊って本当にいるものなんですか？」と教えを乞うたところ、「生物学部に行って系統進化学の授業でも受けてこい」というありがたいお答えをいただいた。

（狐のあやかしがいるんだもんね、猿の末裔のあやかしもいるだろって話か）

ともあれわざわざ屋上に登ったのは、件の幽霊がいないかと思ったからだ。

うまく本人（？）を見つけられたら速攻解決だったのだが、さすがにそこまで都合よくはいかない。

「他のあやかしでもいいから通りかかったりしないかな……ん？」

きょろきょろと屋上を見回したところで彩乃はフェンスの根本に目をやった。

黒いゴミが落ちている。近づいて拾い上げてみると、焼け焦げた紙片だった。

「…………」

警察によれば、あの小火は収斂《しゅうれん》火災ではないかという話だった。

収斂火災とはレンズや鏡によって太陽光が収束し、その高熱で発火に至るものである。原因となるのは虫眼鏡やビニールハウスの屋根、あるいは水入りペットボトルがレンズの役割を果たしてしまうこともあるくらいだ。

今回の場合は、資料室に転がっていた水晶玉が原因ではということだった。

「偶然も祟りもあり得そうな、すごい絶妙なアイテムだったよね……」

ぼやきながら、焦げた紙片もひとまずハンカチに包んで保管しておく。

しかし、屋上に来たのに収穫がこれだけではお狐様に張り倒されそうだ。

「学校の怪談……大学の……うーん」

屋上に突っ立ったままスマホでぽちぽち検索してみる。

大学にも〝学校の怪談〟というものはいくつもある。

彩乃と榎本の母校で言い伝えられていたのは、大学の地下通路には数十年前に留年した学生がいまだ卒業できぬまま棲み着いているとか、学生寮での首吊り死体の目撃談とか、池の鯉を獲って食ったら退学とかいうものだった。最後は怪談とはちょっと違う気がするがまあ退学は恐怖であるには違いない。

「卒論に悩んで自殺……あ、焼身自殺の話もまとめサイトに入ってるな」

大学生にとっては卒業への一大関門だから題材になりやすいのだろう。

ただ出典がどこの大学とまでは書かれていない。

卒論はたいていの大学にあるし、正直、怪談としてはありきたりだ。だからこそ「うちの大学でもあり得そうだ」とネットで共有されていくのだろうが。

「……さて、どうしようかな」

（先輩は『あやかしだけの仕業じゃない』と言い切ってたけど……）

大学で怪談が流行ることはあるだろう。

それとは知らずに火災の原因となるものを持ち込んでしまうこともあるだろう。

だが、同時に起こる確率となると話は別である。あやかしが絡んでいるとしたら、このふたつの接合点であるのは間違いない。

しかし怪談はなまじテンプレなだけに噂の出所を調べるのは難儀しそうだ。

「……いや」

彩乃は手を叩く。自分は研究者なのだから、その通りやればいいではないか。

「えー、突然で申し訳ないんですけど」

教壇で彩乃は声を張り上げた。

榎本の雑用で忙しいが、それはそれとして『民俗学通論』の授業はある。

「ちょっとシラバスから順番を入れ替えまして、今日は都市伝説の話をします」

受講生は少し戸惑った顔をしたが、特に反対意見は出なかった。まあシラバスの中身をいちいち覚えている学生などまずいないであろうが。

「これまで皆さんには民間伝承についてお話をしてきました。あんなのはただの昔話だと思うかもしれませんが、〝友達の友達が体験したらしい本当かどうかもわからない話〟なら、今でもありますよね」

彩乃は今朝がたようやく完成させたスライドを表示させながら、

「皆さんも小さい頃、一度くらいは友達から噂話を聞いたことがあるんじゃないかと思います。額に入れて飾ってある歴代の校長の写真が動くとか、理科室の骸骨が夜に動き始めるとか」

何人かが苦笑いを浮かべたようだが、

「この大学にも怪談はあるそうですね。……〝焼身自殺した学生の幽霊〟」

受講生がざわめく。

彼らの大半は一年生だが、既に怪談を耳にしているらしい。中には彩乃が事件の当事者……火傷を負ったと知っている者もいるようだ。

「私は今年からこの大学に来たので、この話は後から聞いたんですが……皆さんは〝誰から〟聞きましたか？　友達か先輩か、ＳＮＳの方もいるかもですね」

だんだん私生活をネタにする芸人のような気分になりつつ、

「せっかく――というわけではないんですけど、良い機会ですので、皆さんにはアンケートに答えていただければと思います。覚えている限りでいいですから、誰に聞いたか、いつ聞いたかを書いてください」

話しながら前方の席の学生にアンケート用紙を渡して後ろにも回してもらう。

「注意点としては、友達や他の人とはできるだけ相談しないで書いてください。このアンケートは噂話がどうやって広まっていくかを調べるものです。外部からノイズが入るとルートがわからなくなってしまいますから」

もういくつか注意点を説明してから、

「提出期限は来週のこの授業まで。皆さんのアンケートは回収後にこちらで集計して、後日、結果をお知らせしますね」

そこまで言うと、学生の表情が「へえ」と面白げに変わった。

トイレの花子さんにしろ口裂け女にしろ、今の学生たちには〝学校の怪談〟は使い古された漫画やアニメのネタでしかないだろう。自分たちもまた都市伝説を作る一部分であるという体験は、興味深いものではないだろうか。

（そのついでに私の調査にも協力してもらうと。なんという一石二鳥）

授業を続けつつ自画自賛する彩乃である。

榎本の言葉を借りるなら、人間は見たいものしか見ない。普段はスルーしてしまうものでも、幽霊の噂を聞いていれば「あれってもしかして……」と思ってしまう。噂が広まるにつれて幽霊の目撃者も増えていく。

目撃談を集計して時系列を逆に辿れば、噂の中心……本当に怪談に関わりのある人物に当たるはずだ。

「あの、先生」

「あ……はい、なんでしょう、伊賀《いが》さん」

国際文化学科から受講しに来ている二年である。黒髪にすらりと背の高い、同性の彩乃でも惚れ惚れするような美人だった。

「このアンケート、絶対に出さなければいけないものなのでしょうか」

「いえ、これは成績評価に関わるものではありませんから、出さなくとも減点とはしません。私はもちろん出してほしいですけど」

「はあ……」

「ちょっと、美咲《みさき》ちゃん。授業なんだからちゃんと出さないと」

隣席の学生がくいくいと伊賀美咲の腕を軽く引っ張った。

こちらも美貌では負けていないが、美咲に対して明るい色の髪にふわふわしたシルエットの服を着ている。色々と対照的な二人組だ。

彩乃の説明に納得して、と言うより友人に止められて美咲は渋々と着席する。

その後は彩乃は気分良く授業を進めたが、ひとつ失念していた。

回収したアンケートを集計して『結果報告』のプリントを作るのは彩乃自身である。

ただでさえ授業準備とバイトと榎本の雑用で死にかけているのに、さらに自ら仕事を増やす形となった。


春日大学のキャンパス内には学食エリアとカフェがいくつか点在している。

さすが私立大、学食と言っても母校の国立大のようなカレーすら不味い食堂ではなく有名外食チェーンが出店している。通路の反対側にはコンビニもあるから、駅前から繁華街がそのまま移動してきたかのようだ。

カフェもまた最近建てられたという近代的なガラス張りの建物だった。

「ごめんね、わざわざ時間取ってもらって」

「いえ、それは大丈夫なんですけど……」

伊賀美咲である。

先日のアンケートから得られた情報を彩乃が内容と時系列で整理した結果、学内の〝焼身自殺した幽霊〟の噂について一定の傾向は掴めた。

授業中にはあからさまに不審げな顔をしていた美咲だが、真面目な性格なのだろう、アンケートにはびっしり書き込んでくれた。ただ、その内容に気になるところがあったのでわざわざ来てもらったのだ。

なおキャンパス内のカフェを使っているのは、非常勤の彩乃は自身の研究室を割り当てられていないからである。

「それでね、メールにも書いたけど、この間のアンケートのことなんだけど」

「……あの内容ではまずかったですか?」

「いいや、その逆。面白かったから、もう少し詳しく聞かせてもらいたくて」

言いつつ彩乃は自分のバッグからレコーダーを取り出した。

「こういうのも私の研究なの。論文が書けたらそのときには伊賀さんの名前も協力者として載せるかもしれないから、また連絡するね」

卓上に置かれたごついレコーダーに美咲は目を丸くしている。

「研究のためにこれから会話を録音させてもらいます。……あ、都合の悪い部分があれば録音データ消すから、遠慮せずに言ってね」

「なんだか記者の人が持ってそうな感じですね……」

「スマホでも録音はできるけど、ノイズが入ったりして使いづらいからね。研究発表でも使うから、大学の先生はわりと持ってるんじゃないかな」

そして高性能レコーダーはお値段もそれなりで、結構痛い出費だったりする。

「民俗学の研究ってこういうことをやるんですか？」

「そ、うちの基本は実地調査。妖怪だ幽霊だって言ってるけど地味なもんだよ。――それじゃあ、質問を始めます」

彩乃がレコーダーのスイッチを入れたところで、美咲が不意に目を丸くした。

「榎本先生……？」

彩乃は慌ててレコーダーのスイッチを切る。別に後からカットしてもいいのだが、役体もない会話をえんえん聞き返したくない。

「先ぱ……榎本先生なんでここに……」

「佐々木さんが面白そうなことをしてるから、僕も混ぜてもらおうかと思って」

榎本はにこにこ笑いながら、彩乃の隣の席に腰を下ろした。

「あの、榎本先生は佐々木先生と仲がいいんですか……？」

「実は大学の後輩。民俗学の博士課程がある大学はあまり多くないからね」

榎本は朗らかに笑い、彩乃は内心で「けっ」と毒づいた。

なお榎本の台詞自体は本当のことだ。前述の通り院生を指導するのには認可がいるし、すべての大学に大学院が設置されているわけでもない。民俗学はなまじ歴史があるため院が設置されているのはもっぱら歴史ある大学である。

「と……とにかく、隣に榎本先生がいるけどウザい案山子か何かだと思ってあまり気にせず答えてね。――それでは、これから質問を始めます」

再度レコーダーのスイッチを入れて、彩乃は話を切り替えた。

「『民俗学通論』を受講している学生さんに書いてもらったアンケートを、私のほうで時系列順に並べて、さらに内容でいくつかのグループに分けてみました」

まずは「実際に女子学生の幽霊を見た」のか「幽霊の噂を聞いた」のか。

前者であれば、いつ、どこで見たのか。

後者であれば、誰からその噂を聞いたのか。

伊賀美咲は「実際に幽霊を見た」と書いたグループだった。

「そうしたら、伊賀さんの話がいちばん日付が古かったのね」

噂を聞いただけのグループを含めても、美咲の目撃情報がもっとも古かった。

口承は人間関係のネットワークを放射状に広まっていく。となると美咲はその中心近くにいる可能性が高い。

「アンケートだと、今年の一月ごろの話だってことだけど……」

ある日の夕方、美咲は十七号館の廊下にいたという。

この十七号館は例の十八号館と隣接しているため、例の屋上が見える位置だ。

「舞衣《まい》を待ってて暇だったのでなんとなく窓の外を眺めてたら、向こうの屋上でぼうっと何か光ってる気がして……赤くてちらちらしてて、あれは〝鬼火〟なんじゃないかって。で、後で自殺した子の話を聞いて……」

その様子を思い出したのか、美咲はぶるりと身体を震わせている。

（屋上に出たっていうのは、あの噂とも一致してるんだけど……）

「ねえ、伊賀さんはなんでそれを鬼火だと思ったの？」

問うと美咲はきょとんとした。

美咲が屋上に不審物を見かけたのは事実としても、それを怪談と認識するにはもうワンステップ必要なはずなのだ。

「どこかのサークルが屋上で酒盛りしてるとか、夜間照明とかＵＦＯとか、他にも可能性はあるでしょ？　でも、伊賀さんは『怖い』と思ったんだよね」

「……言われてみればそうですね」

美咲は目を白黒させていた。指摘されてようやく気がついたという感じだ。

「もしかして、それより前に怪談をどこかで聞かなかった？」

「うーん……あ、その少し前に友達と幽霊の話をしたので、そのせいかも」

「それは例の、焼身自殺した学生さんの怪談とはまた別に？」

なんだか大学では怖い話がやたらと出回っているようだ。

「前に、舞衣がいきなりずぶ濡れで廊下を走ってきたことがあったんです」

「……舞衣って、安藤《あんどう》舞衣さん？　よく一緒にいるよね」

さきほども出た名前だ。美咲と同じ国際文化学科の二年生で、『民俗学通論』も一緒に受講しに来ている。

「でも、なんでいきなりずぶ濡れ？」

「私も驚いたんですけど、そうしたら変なものを見てびっくりしたんだって」

彩乃は首を傾げ、榎本も少し眉を動かした。

「舞衣が言うには、天井に何か変なものが見えたそうです。それで『火事だ！』と思って、とっさに水をぶっかけたとかで」

舞衣は華奢でいかにもおとなしそうな学生という印象だったが、人間、火事場の馬鹿力というのはあるらしい。

「でもずぶ濡れになった後でよくよく見たらどこも燃えてなくて、勘違いだったみたいだって笑ってました。冬なのに馬鹿じゃないの、もしかして幽霊か何か見たんじゃないのって、そのときは友達みんなで呆れてたんですけど」

美咲は苦い笑みを浮かべた。

学内を幽霊の噂が席巻している今となっては、さぞや複雑な心境ではあろう。

ともあれ、美咲の事情ははっきりした。友人の舞衣のことが頭にあったから、彼女は屋上におかしなものを見たときにそれを鬼火だと認識したのだ。

（……でもねえ）

「安藤さんは、そのずぶ濡れ事件の前に幽霊の話をしていたことは？」

「特にそういうことはなかったと思いますけど……」

「最初に安藤さんが幽霊を見たときには、伊賀さんは一緒じゃなかったのね？」

「……そのときは別行動でした」

美咲はわずかに目を伏せた。

質問を続けるべきか彩乃は一瞬躊躇する。聞き取り調査は決して他人の秘密を無遠慮に暴き立てようとするものであってはならない。だが、

「珍しいね。伊賀さんと安藤さんはいつも一緒にいると思ってたけど」

代わりに口を開いたのは、それまで黙って話を聞いていた榎本だった。

（ちょっと先輩⁉）

「仲が良い君たちが別行動なんて、何かあったの？」

「いえ、……そういうわけじゃ、なかったんですけど」

これまで落ち着いて話していた美咲がいきなりしどろもどろになってしまった。

それがぐっと榎本が身を乗り出したからだと彩乃でもわかる。

美咲もかなりの美人だが、お狐様の——文字通り人ならぬ美貌には敵いようもない。繊細な顔立ちの、甘い飴色の目で見つめられて、

「その……舞衣が、私は付いてこなくてもいいって言ったから……」

可哀想に、美咲の顔はもう真っ赤だった。

彼女も気の毒なことだ。鬼火を目撃し、あまつさえ狐に籠絡されるだなんて。

(ごめん、伊賀さん……)

話が早いとありがたがるべきかもしれないが、これまで気を使いつつ話を進めてきた自分の苦労をいったいどうしてくれよう。

「わざわざ仲良しの伊賀さんを遠ざけてまで、安藤さんはどこに行ってたの?」

ふたたび、しばしの間があった。

(確か、安藤さんはアンケートにこのこと書いてないんだよね)

舞衣のアンケートには「小火騒動のとき聞いた」と無難なことしか書かれていなかった。美咲の話が本当なら、先に鬼火(らしきもの)を見たはずの彼女はそれを伏せていることになる。

美咲はしばしレコーダーと榎本を交互に見つめていたが、やがて口を開いた。

「舞衣からははっきり聞いてはいませんけど、たぶん、安田《やすだ》先生の研究室だと思います。……あの子は一人でよく先生に呼ばれてましたから」

＊

あの頃は、それは悪いことではなかったのだ。

誰もがそうやって学生を指導していた。教授は今よりもずっと偉い存在だったし、教員側にも、意欲を持って大学に入学してきたからにはきちんと学問をさせて送り出そうという使命感があったように思う。

決して悪意があったわけではなかった。

それなのにとある学生の行動と結果によって、自分は栄達の道を絶たれた。

研究者として実績を積んでいずれ母校の旧帝大に凱旋したい、あるいは学長選挙に出てみたいと昔は思っていたが、今はそんなものは望むべくもない。

（私は悪くないのに、どうして）

学生は毎年のように入れ替わるから、当時のことを知る者などいない。教員や事務員にはまだ覚えている者もいるだろうが、彼らは嫌なことを思い出したくないとばかりに一様に口をつぐんで自分から顔を背ける。

誰ももはや口にする者はいない。

それでも、あの出来事の記憶はまるで染みのようにこびり付いている。

（……そんなのは、もうたくさんだ）

なかったことにしなければ。

あんなことはなかった――そうなれば、自分にはまだ明るい未来があるはずだ。

＊

研究者の実績というのは実は簡単に調べられる。

国立国会図書館やCiNiiという論文検索サイトにアクセスして、研究者の名前で検索すれば一発だ。またResearchmapという研究者のプロフィールを検索できるサービスもあったりする。

「安田先生の担当科目は英語と……ああ、英文法の人なんですね」

旧帝大の出身で、現在は国際文化学科の教授。既に定年を迎えているが、国立大と違って私立大では契約更新が可能なのでまだ勤務を続けているようだ。

若い頃……四十代前半までは査読付き（審査あり）の論文がいくつも学術誌に掲載されていた。意欲的な中堅研究者であったろう。

その実績をもって教授へと昇進し――そしてある時期から投稿はぷつりと途絶えて、以降は細々と紀要に論考が載るのみ。

紀要とは各大学が発行する論文誌で、言い方は悪いが内輪の刊行物なので査読もなければ基準も緩い。紀要には紀要の意義があるのだけれども、それだけではあまりやる気のある研究者には見えない。

「……それでも教授を二十年以上やってられるってのもどうかと思いますけど」

榎本の研究室で、スマホで検索しつつ彩乃はぼやく。

「それで先輩、安田先生ってどういう人なんです？」

「そんなもの本人に聞けばいいだろう」

「何度か研究室行ってみましたけど、ずっと留守なんですもん」

どうも授業時間以外はほとんど大学にいないようだ。出張を除けば大学にしかいない榎本との落差が激しい。

ため息をついて、彩乃は調査メモをまとめたノートに目を落とした。

あれからも聞き取り調査を続けたのだが、いずれも「怪談の噂を聞いた後に幽霊を見た」と証言しており、その日付も美咲の話よりも後だった。

学内において、おそらくいちばん最初に〝見た〟のは安藤舞衣である。

件の怪談は焼身自殺した女子大生の話、発生したのは小火事件。いずれも火に関係する出来事ではある。

「…………」

そこまで考えたところで、彩乃はふと向かいに正座する榎本を見つめた。

彼は彩乃に相槌を打ちながら明日の授業用のスライドを作成し、別ウィンドウでメールの返信を書き、ついでに手元に置いたスマホで学生からの質問にリアルタイムで答えている。よくこれで頭が混乱しないものだ。

「なんだ」

「先輩は、もしすごく可愛い女子学生さんに迫られたらどうします？」

あまりに唐突な質問にキーボードを叩く音が止まった。

「伊賀さんなんてモデルみたいに綺麗ですよね。安藤さんも可愛い子ですし」

榎本の顔がちょっと面白いことになっている。このお狐様でも動揺することがあるんだな、と知り合って十年目にして彩乃は感心した。

「なんで、この僕が人間の小娘なぞに興味を持つと思うんだ」

「だってこの間、伊賀さんに胡散臭いきらきら笑顔で迫ってたじゃないですか」

榎本が苦虫を噛み潰した顔をするのに少し達成感を覚える彩乃である。まあ実際くらくらしていたのは美咲のほうだったわけだが。

「コンプライアンスだのハラスメント対策だのとこれだけ言われて、分厚いマニュアルまで配られているのに、わざわざセクハラする心情というものをぜひお聞かせいただければと」

「そんなもの僕が知るか！」

ろくでもない会話だが、人間に直せば「可愛い雌猫がいるのに付き合わないのはなんで？」と言われるくらいの感覚のはずである。榎本の顔が恐ろしいことになってきたので、彩乃はそこで会話を打ち切った。

（……どうかこの会話がハラスメントと言われたりしませんように）

「で、わざわざ僕に阿呆な話をした理由はあるんだろうな」

「いえ、単純に時系列順に考えるならば、安藤さんが怪談を広めたってことになるんでしょうけど……」

一月に舞衣が安田教授の研究室で「鬼火（のようなもの）を見た」「それって幽霊だったのかも」と言い、それが徐々に学生たちの間に広まっていった。そして数ヶ月ほど経った先日、小火が起きた――という流れである。

「でもこれはたぶん違うので、じゃあ、他に何が考えられるかなあと……」

言いかけたところで彩乃はひゅっと息を飲んだ。

「その違うというのは、どういうことだ？」

淡い色彩の瞳が金色に光っている。

あの日の――榎本の本性を知ったときと同じ表情に彩乃は身を竦ませる。

「だって……、セクハラ受けてるなんてそう簡単に言えないじゃないですか」

彩乃の言葉に、榎本は今度は目を丸くしたようだった。

（え、ここってそんな驚くとこ？）

お狐様の意外な表情の変化に彩乃が戸惑ったくらいだ。彼の顔かたちはしょせん幻と知ってはいるが、そういう表情をすると意外に子供っぽい。

ともかく、舞衣が〝幽霊〟を見たのは安田教授の研究室だった。

「伊賀さんは言葉濁してましたけど、あれはセクハラって言いたかったんだと」

トラブル当時、舞衣はまだ学部一年である。研究室に配属されていない一年生でも頻繁に教授の研究室に出入りする者がいないわけではないが、ただ勉強熱心なだけであるなら舞衣自身がアンケートに何も書かなかった理由も、友人の美咲があれだけ言い渋った理由もない。

ましてや「一人だけ呼ばれた」「研究室から逃げてきた」などとくれば。

「だが、被害を受けてるならさっさと上に報告したほうが話が早いだろうに」

「そりゃそうですけど、それができたら苦労しませんってば」

言っても榎本はなお腑に落ちない顔だ。

（ああ……そりゃあ、お狐様にはこういうのはわからないのか……）

加えて彼は優秀であり、大学では権力があり、いざとなれば文字通りドロンできる立場である。人間に化けて暮らす中で学習してはいるのだろうが、しがらみの中でもがく人間の感情を根本的なところで理解できないのだ。

（ろくでもないことばかり起きるけど、わけがわからない……か）

以前の榎本のぼやきである。

彩乃を幽霊騒動の調査に蹴り出したのも、こんな、榎本にはわからない事由があると察していたからかもしれない。

「だから安藤さんはアンケートごまかしたんでしょうし。薄々察していた伊賀さんや他の友達も、周囲にべらべら話したりなんかはしてないと思います」

結局、美咲は素直に情報提供してしまうことになったわけだが、あれはお狐様に籠絡されたせいで彼女が意図したことではない。

「ただ、他に何が考えられるかっていうとまだ……」

彩乃は言いかけたところでまたもや続く言葉を飲み込んだ。

「――なるほどな」

薄い唇がはっきり笑みの形へと変化する。

「あの、これでわかったんで……」

「こんなものはただの消去法だ。どう絞り込もうかと思っていたが、よくやった」

「ど、どうも……？」

珍しくお褒めの言葉をいただいたが、肝心の彩乃にその理由がさっぱりである。

「ただ、もう少し論拠が欲しいところだな。いいか、守谷さんに……」

榎本は矢継ぎ早に指示を出してくる。いつもより少し早口になっているあたり、どうも彼も興奮しているようだ。

榎本がさも楽しげに呟いている。

「なるほど、人間の〝謎〟は人間にやらせてみるもんだな」

「無茶言わないでくださいよ⁉」

*

夜の校舎は好きではない。

だって、暗く人気のない廊下はいかにも何かが出そうではないか。子供の頃、夕暮れどきに忘れ物を取りに学校に戻ったことがあったが、血のような夕焼けを照り返す床はそれだけで恐ろしかった。

(だって、あの頃は本当にあやかしがいるなんて知らなかったし……)

ここは例の十八号館の屋上、そして今は夜の十一時である。

大学には夜間でも誰かしら人がいるものだが、それはもっぱら榎本のように徹夜する教員や院生がいる研究棟に限られる。十八号館は既に全館照明が落とされており、さきほどまではサークルか何かで居残っている学生の声がしていたのだが、今は屋上には虫の鳴き声と春の風が吹き抜けるのみだ。

――普段はそうなのだが。

「こんばんは、安田さん」

爽やかな榎本の声に、がたがたと何かを落とすような物音がした。

同時に彩乃が大型の懐中電灯を点ける。大光量が暗闇に慣れた目を灼くが、少し経つと屋上の全景が見通せるようになった。

暗がりに浮かび上がったのは、中肉中背の初老の男性――安田教授だ。

非常勤の彩乃はこれまで挨拶する機会がなかったが、たとえ会っていても顔を覚えられなかっただろうという気がする。そのくらい特徴がない。

（ああ、でも、普通の人でもこういうことをするんだなあ）

心の中で寂しく彩乃はため息をつく。

最初に怪異が現れたとき、現場となった研究室には二人いた。

けれども舞衣には目撃談を吹聴して回る理由がない。ならば消去法で考えれば、噂を広めたのは一緒にいた安田教授のほうである。

（いやもう、本当に大変だった……）

彩乃は安田教授とまともに顔を合わせるのは今日が初めてだが、実はここ数日、彼の研究室をひたすら見張って接触するタイミングを図っていたのだ。

授業以外ろくに姿を見せないが、大学にいないわけでないのはわかっていたし、いずれこうして工作に現れると踏んでいたからである。

「………」

その安田教授は、文字通り狐につままれたような顔で一歩後ずさった。

榎本は彩乃以外には愛想が良いので、安田教授もこれまでは彼をただの優男と思っていたのだと思う。

だが彼はきっと今、目の前にいるものの本性に気づいたのだ。

「それは……ああ、本を丸ごと焼き焦がしてきたんですか。罰当たりな」

安田教授が小脇に抱えているものを眺めて榎本が言った。

先日のように時限発火式で小火を起こすのではなく、最初から「何かが燃えたような雰囲気」を作り出すつもりだったようだ。守谷教授と彩乃が巻き込まれたあの小火、実は犯人もけっこうビビったのではないか。

（あの資料室の小火、そもそも誰かを狙うとかいう感じじゃなかったし）

水晶玉を利用して自然発火させれば確かにアリバイは作れるが、天候次第で何も起こらない可能性のほうが高いし、資料準備室に来た誰かが水晶玉を動かしてしまえばそれまでだ。犯罪というには不確実性が高すぎる。

でも、それでも構わないなら話は別だ。

安田教授は確実に火災を引き起こしたかったわけではなく、学内にばら撒いた仕かけがいくつかでも発見されればそれでよかったのだろう。

学生たちがちょっとでも怪談で盛り上がってくれれば。

「………」

安田は榎本を睨んだまま黙っている。

迂闊に口を開けば揚げ足を取られると思っているようだ。榎本相手にその対応は正しいのだが、別に諦めるまでじっと待ってやる義理もない。

「実は今日、守谷先生に連絡を取って、お話を伺ってきたんですけど」

「君は……」

「安田先生にはご挨拶が遅れまして。歴史地理学科の佐々木と申します」

小さく頭を下げる。安田教授がぎょっとした顔をしたのは、小火騒ぎの負傷者として佐々木彩乃の名前を覚えていたからか。

「三十年くらい前にこの十八号館の屋上で、英文科の学生さんが卒論を苦にして亡くなったのは事実だそうですね。……でも実際は飛び降り自殺で、焼身自殺などではなかったと、守谷先生ははっきり仰ってました」

安田教授と同様、守谷教授も昔からこの大学にいる古株である。

助けられた恩があるからと彼女は彩乃の問い合わせに親切に応じてくれた。

そもそも「自ら灯油を被って火を点けて、その体験を文章にする」など、創作としての出来はともかくおおよそ現実的な話ではないし、

「自殺した学生さんは英文科だったそうですから、自分に火を点けたところで論文のテーマにできるわけないですし。生物学部ならわかりませんけど、それならそれでちゃんと準備しろっていう」

いやまあ問題の本質はそこではないと彩乃もわかってはいるのだが。

「でもここ最近頻発していたのは、いかにも〝焼身自殺した学生さんの幽霊〟が起こしたような事件でしたよね。この大学にはそんな子はいなかったのに」

「…………」

彩乃のプレゼンにも安田教授はやはり黙っている。

(伝承は、その土地でその物語が生まれたことに意味がある……か)

民俗学の初歩の初歩。荒唐無稽な妖怪や幽霊の昔話は、しかしその土地の人々に必要とされたから生まれた。今となってはただの御伽話でも、かつては怪談と現実の狭間に生きる人々がいたのだ。

その原則は今だって生きている。

「守谷先生から、自殺した学生さんの指導教官も伺いました。それは――」

「――もういい！」

安田教授が叫んだ。

深夜の屋上というのもあるが、老人の矮躯とは思えないほどの大声だ。

けれども彩乃は話を止めない。研究者は人前で喋るのが仕事なのだ。自説を述べる研究者を恐れ慄かせるのは、質疑応答で「この分野は素人なのですが……」から始まる質問を受けたときだけである。

「安田先生。いくらなんでも、自分が教えた学生さんをなかったことにしてしまうのはないんじゃないですか」

彩乃は言い切った。

大学では毎年どんどん学生が入れ替わるが、噂話は先輩から後輩へと受け継がれるものだ。たとえば教授の噂話、鍵の壊れている扉の位置、そして怪談。

かつて安田教授が指導していた学生の自殺も噂として残っただろう。常に誰かに罪を問われ続けているような、辛い三十年だったはずだ。

そして数ヶ月前。

自身の研究室で、女子学生がいきなり「天井におかしなものがいる」と叫んだ。

彩乃の想像だが、それは舞衣がセクハラから逃れようととっさに口走ったに過ぎなかったのではないかと思う。むしろ水をぶっかけるほうが先で、その言い訳に「天井に火が見えた」と叫んだのではないか。

だが安田教授からすれば「お前の側にお化けがいる」と言われたようなものだ。呪われる心当たりだってある。肝が冷えるどころではなかっただろう。

ただ、少し頭が冷えたところで安田教授は両者の違いに気付いたはずだ。かつての教え子は飛び降り自殺したが、舞衣は「火が見えた」と叫んだ。

――そして、思いついてしまった。

(自殺した子の噂を、別の話で上書きすればいい……か)

ただの飛び降り自殺よりは焼身自殺のほうがショッキングで人の記憶に残りやすい。そちらが大学の怪談として定着すれば、もはや元の事件を思い出す者はいなくなるだろう――と。

「ネットで良さげな怪談を探して、学生さんにそれとなく言いふらしたんですよね？同時にこっそり屋上の鍵を開けたり、五階の火災報知機を切ったり」

以前、彩乃は「春日大学の怪談もまとめサイトに載っている」と思ったが、時系列が逆だったのだ。あれを安田教授も閲覧したのである。

「できれば、その話をですね……」

「――ふん。だからどうしたと言うんだ？」

安田はぎょろりと彩乃を睨んで、

「私はたいしたことはしていない。授業で使う道具を準備室に置いただけだし、屋上の鍵をかけ忘れたのはミスだし、火災報知機は操作を間違っただけだ」

ただの開き直りだが、実際、学内を大騒ぎさせた幽霊騒ぎでも実際に起こった事件は小火ひとつである。それがどうしたと言われればそれまでだ。

「たいしたことはないとは……それはないでしょう、安田さん」

そこで口を挟んだのは、これまでじっと話を聞いていた榎本だ。

「昔の件はともかく、安藤舞衣から話を聞けばハラスメントについては証言が取れますよ。彼女の友人からの傍証もありますし」

それから、と榎本は肩をすくめて、

「あの火災で、少なくとも僕の後輩は火傷を負ったんです。たいした怪我ではありませんでしたが、そんなものはこいつの悪運が強かっただけです。もし大火傷していたとしても『自分は無罪だ』と言えますか？」

「…………」

今度こそ安田教授は言葉に詰まった。

「ところでこいつの話が終わったところで、僕もひとつ訊きたいんですがね。――あなたは、いったい何を視たんです？」

その言葉はすぐには伝わらなかったようで、安田教授は怪訝な顔をしている。

「先輩、それって……」

「言ったのはお前だろ、このご時世になんでセクハラなんぞやるのかと」

不祥事の後も安田教授は大学に残ることができた。

ただし守谷教授のような古株はまだ覚えているし、他大学の教員にだって噂は伝わったはずだ。大学でも学会でも居心地は悪かったことだろう。

けれどもいまさら転職することも難しい。

とかく研究者はツブシの利かない職業だ。定職に就くのは死ぬほど大変なくせに、いざ常勤になってしまうと象牙の塔でお山の大将をしているだけの世間知らずと化し、一般企業で通用するスキルもない。

なにより〝教授〟としての名誉を失うのはほとんどの者には耐えられないだろう。どれだけ針の筵でも、この数十年、問題を起こさないようじっと息をひそめていたのだろうに。

（でも、〝人間は見たいものしか見ない〟……）

言い換えれば、見たいものがあればあやかしでも見てしまう。

「……安藤は似ていたんだ」

狐の両眼に見据えられて、ぼそりと安田教授は言った。

「控えめで、私の言うことを素直に聞く子だった。彼女の将来のためだと思ってこっちだって全力で教えたんだ。……それが死にたいほど苦痛だったなんて、私にわかるわけがない！」

舞衣は小柄でおとなしそうな子だ。かつての学生も似たような雰囲気で中身もその通りだったなら、指導教官に逆らうなんて思いもよらなかっただろう。

「だから安藤はなんとなく気になってたが、近寄りたくもなかった」

けれども安田はあるとき、舞衣が自分を見ているような気がしたという。廊下を歩く自分を後ろから見つめてきて、こちらが振り向くと逃げてしまう。

「あ――影女！」

このキャンパスでもたまに見かけるあやかしだ。

影のみの女のあやかしは、いったい誰の影が障子に映っているのか、視た者に夢想する余地を残す。顔が見えないからこそ、意中の相手がまるで自分に焦がれてじっと遠くから見つめているように錯覚させるのだ。

（安田先生の〝見たいもの〟……か）

安田教授が欲しかったのはきっと赦しだ。先生のせいではないですよ、と。

その願いが黒い影を視せ、もしかしたら舞衣ではないかと思わせ、いつしかそれが本当だと思い込ませた。

（お化けに化かされるっていうのは、こういうことなのかなあ）

昔話の定番だ。狐狸《こり》に騙された人間は、現実にはあり得ないひとときの夢を見せられて――我に返ったときには何も残っておらず、途方に暮れる。

「だが意を決して安藤に声をかけてみたら、そんなことは知らない、近づくなと言わんばかりだ。なんとか誤解を解こうとして……」

それを繰り返した末に舞衣がとっさに口にした言葉が、今回の騒動の原因か。

「……もういいだろう、私はもう全部話した。もう許してくれ……」

「許すのは僕ではなくて、そこの非常勤講師と安藤舞衣です」

冷ややかに言い切ってから、榎本はふと頭上を見上げた。

「……？」

頭上は春の薄曇りで、月星すらも薄雲越しにぼんやりと輝いているだけだ。

けれども榎本は何かがいると確信している表情で、

「おい、安田さんを連れて下に降りてろ。僕の研究室を開けていい」

ちゃりんと研究室の鍵を投げて寄越す。暗がりで慌ててそれを受け取りつつ、

「ちょっと待ってくださいよ、いきなり言われても……」

彩乃は言いかけたところで言葉を飲み込んだ。

「人間には人間が……ならば、あやかしのことがあやかしが片付けるさ」

どうせいても役に立たないしな、と榎本は肩をすくめている。

夜闇に、狐の両目が金色に輝いた。学生時代のあの夜とまったく同じだ。

——この目には逃げられない、逆らえない。

「……わかりました」

鍵を握って彩乃は踵を返した。


『——よう』

「せめて人間どもがいないときに出てこい。ごまかすのが案外、面倒なんだ」

音もなく屋上に降り立った隻眼の白い狐を、榎本は金色の半眼で睨むが、

『あ？　そんなもん、わざとやってるに決まってんだろ』

「…………」

こういう奴だったと榎本は嘆息する。

「それにしても、何が『何をやったと思う？』だ。お前は何もしてないだろうが」

『嘘は言ってねえだろ。——答えは、俺はただ眺めてただけってな』

先日、顔を合わせたときの挑発がブラフだったわけだ。どうせそんなところだろうとは思っていたけれども。

さきほどまで安田教授がいた場所を眺めて、白い狐が鼻で笑う。

『そう、俺は何もしてはいないぜ。ありゃあみんな人間が勝手に騒いだだけだ』

それは確かである。

今回の騒動はほぼ安田教授の自爆だ。影女を視てしまったのが原因だが、別のもの……たとえば無関係の女子学生を見間違えるなどして、いずれ同じことをやらかしていた可能性は高い。

あやかしがいようといまいと結末は変わらなかったろう。

『テメェも良くわかっただろ。人間なんぞこの世界で自分たちだけが知性があると嘯《うそぶ》いておいて、いざとなればあのザマなのさ。お前、これでもまだ〝大学〟に居続ける気か？』

白い狐の演説に、榎本はため息をついた。

これが人間ならば答えは実はシンプルなのだ。

不幸にも人間は食わないと死ぬ生き物である。食い物と寝床を確保しつつ、比較的自由に研究を続ける手段というと大学や研究機関への就職に限られるのだ。ただしそのルートに乗るのはそれはそれで大変であり、彩乃が身をもって示しているところでもある。

ただし、榎本は狐のあやかしである。

人間の生活が気に食わなければいつでも立ち去れる身だ。今のところ、そうするつもりはないけれども。

『だったら……』

「……お前、意外にしつこいな」

狐に限らず、あやかしが何かに執着するということはあまりない。

はっきりした思考を持たない、ただぼんやり揺蕩うだけのあやかしも多いし、知性ある連中も長い時間を過ごすうちにだんだん淡白になっていく。人間や自然が目まぐるしく変わるのを目の当たりにしては、何かひとつに拘泥してもどうせ無駄だと悟ってしまうのだ。

その意味では、学問を数百年も続けている学者狐は例外と言えるだろう。

そして、同胞とはいえ学者狐にまとわりつく白い狐もまた。

「もう何年も大学で働いてるんだ、内部のぐだぐだっぷりは身に染みてる。お前も文系学部再編整備充実検討委員会専門委員会人文学部整備充実検討ワーキンググループの資料見るか？」

『は？　ええとなんだって、文け……頼むもう一回』

榎本も名を連ねている委員会の名称である。業務内容を説明するのは面倒なので字面からなんとなく察してほしい。

『じゃあ、ここがろくでもないと知ってるならなんで……』

白い狐の言葉はそこで途切れた。

同時に肌をびりびり刺す痛みに榎本自身も顔をしかめる。

榎本と、白い毛並みの狐が相対しているのが見えた。

茫然自失の安田教授を研究室に連れて行った後、彩乃は屋上へと駆け戻った。

(白い狐……しかも、あれって)

日本に狐の登場する昔話は多いが、固有の呼び名を持つ狐はそう多くない。

白い毛並み、左眼と左前脚を欠いた狐のあやかしはその数少ない一匹だ。

「確か、〝おとら狐〟……」

柳田國男の論考のタイトルなどにもなっているので、名前はわりと有名である。ただしおとらという名前の詳細はわかっておらず、狐が憑いた人間の娘の名であり白い狐の本来の名前ではないという説がある。

伝承が正しいとするなら、あの狐は最低でも五百年近く生きているはずだ。

「確か、長篠の戦いの流れ弾が眼と脚に当たったたっていう話だもんね」

なんと戦国時代まっただ中である。

片目と脚の一本を失った狐の伝承は、愛知にいくつも点在する。

曰く、おとら狐に憑かれた人間は左眼から目脂を流しながら戦の愚痴を人間に語って聞かせるという。憑いた人間を衰弱させて死に至らしめるので、修験者がどうにか狐を祓うまでが物語のワンセットだ。

その性質を逆に利用してか、徴兵を逃れるためにおとら狐の祠にお参りする人間がいたという話もあるくらいだ。結局、激怒した警察によって祠は叩き壊されたらしいけれども。

(まさか、その有名な狐と先輩が知り合いだったとは……)

もしかして榎本のこともどこかの本に載っていたりするのだろうか。

「――いやいや、のんきに観察してる場合じゃないんだって!」

あのおとら狐を彩乃も一度だけ視たことがある。小火を無我夢中で消火したとき、煙と消火剤に紛れて走り抜けていった。

何より榎本とおとら狐はどう見ても険悪な雰囲気である。

(まさか、これをまた出す日が来るとは……)

バッグの底から取り出したキーホルダーを彩乃はぐっと握り締めた。

学生時代に榎本の本性を知るきっかけになった、犬のチャーム付きのものである。

まだ持ち歩いていたと知れたら榎本に呪い殺されるだろうが、いざというときのためにこの十年弱、ずっとバッグの底に隠していたのだ。

あのとき榎本は明らかに嫌がっていたから、こんなキーホルダーでも犬でさえあれば狐のあやかしには痛手なのだろう。

「でも先輩を助けるために、使うつもりはなかったんだけどなあっ……！」

やけくそで彩乃はキーホルダーを投げつける。

以前は榎本の頭に耳が視えたが、何も起こらなかったらどうしよう。いや、榎本にだけ効いておとら狐には無意味だったらそれこそ殺されるのでは……

「――ひッ⁉」

いや、効果はあったようだ。

ぱあんと、音はないが何かが弾けた気配が感じられた。同時におとら狐の体内からどろりと黒いものが溢れ出して頭上に流れ、春の月星の朧な光を覆い隠す。

「先輩、大丈……」

「……研究室に行ってろと言っただろうが」

榎本にも多少の被害は及んだようで、秀麗な顔をしかめている。

『小娘、視えて……』

そこで初めて、おとら狐の隻眼が彩乃を――人間を映したようだった。

『科学の塔の奴らが、なんでよりにもよって、俺たちを視て……！』

その怨嗟の叫びの理由は、彩乃にはわからない。

けれども近代科学の発展は人々の意識からあやかしの存在を消し去った。今や、その実在を知る者はほんのわずかしかいない。

そのわずかな例外が敵の根城にいたとなれば……

「――阿呆。だからだよ」

同胞の叫びに、榎本が静かに言った。

〝もしかしたら〟――人間にあやかしを視せるのはあらゆるものを疑う心だ。

さきほどの安田教授然り、だいたいにおいてそれは不安と思い込みの産物である。復讐されるのではないか、祟りがあるのではないかと怯えた末に、物理的にあり得ないものまで考慮の枠に入れてしまう。

けれども、その想いを抱くのは何も疑心暗鬼な人間ばかりではない。

たとえば、常に新発見や新発明のために頭を悩ませている……まだ世界の誰も知らないこと、見えないものを探すことを職業として志した人々とか。

「あ、……研究者？」

彩乃は目を瞬かせた。

「まあ、実際はそこまで美化して言うほどのものでもないけどな。だがなんにせよ、既存の説に頭が凝り固まってる研究者なぞ使い物にならん」

「とりあえず喧嘩してますよね」

研究者はまず資料の批判的検討から始め、既存の学説に「それって本当にそうなんですか？」と噛みつくのが仕事と信じている連中である。榎本と言っていることはそう変わらないのに、性格最悪にしか思えないのはどうしよう。

『……………』

現役研究者二名のコメントに、おとら狐はしばし言葉に詰まったようだ。

『——ちっ……』

そして、白煙が空気に溶けるように掻き消える。今まで喋っていたのはただ根性で保たせていただけだったらしい。

「……あの様子だと、また来るだろうな」

榎本はうんざりとため息をついている。ただの昔馴染みではないようだ。

(どんな関係だったんですか……って聞いても、教えてもらえないだろうし)

というより、下手に聞いてお狐様の事情に深入りするほうが怖い。

代わりに彩乃は別の質問を口にする。

「さっきの話ですけど……研究者には視えちゃう人って結構いるんです?」

「僕もそこまで人間の見分けがつくわけじゃないからな。僕を見て腰を抜かしてくれたのはお前くらいだった」

傍目にも「実はあやかし視えてます」とわかるリアクションをする人間は少ないだろう。他の人間のコミュニティよりまだいる可能性は高いのだろうが。

「……それって、良いことなんでしょうか?」

彩乃はぽつりと言った。

実のところ、あやかしが視えて良かったと思えたことはあまりない。怖いし、そこらにネタが転がっているのに論文にできやしないし、お狐様の下僕としてこき使われるし。

（いや、先輩に声かけてもらわなきゃ非常勤にもなれなかったけどさ）

複雑な顔の彩乃を榎本は静かに見下ろして、

「お前はたかが底辺ポスドクだが、少なくとも僕を視た。――ならば、まったく素質がないってこともないんだろうさ」

〝もしかしたら〟とすべてを疑い、解明しようとする、研究者としての素質が。

彩乃は目を瞬かせた。

榎本にはこの春日大学の非常勤に推薦してもらったし新規採用のコネも提示してくれた。てっきり人間の下僕が欲しいのかと……いや、それはそれで間違いではないのだろうが、でもそれだけではなかった。

（……私は、期待してもらえてたのか）

むろん、まだ彩乃にはなんの実績があるわけでもない。おそらく身体能力検査に合格したという程度のものである。

ただ――そう、少しでも未来が見えた気がしたのだ。

＊

その後間もなく、十八号館の建て替えの話は白紙となった。

なにせ人文学部の教授が学生に不適切な行為をしたうえ小規模とはいえ火災まで起こしたときている。醜聞を表沙汰にしたくない理事会の意向で安田教授は年度末の契約更新なしという甘い処分で終わったものの、人文学部は建て替えどころか通常予算すら減らされそうだとか。

学科長の榎本はかろうじて針の筵を免れているが、全体会議に出る人文学部長の顔色が日に日に悪くなっているらしい。

「あの……先輩、学部再編まではなくなりませんよね……？」

「まあ、コース制への移行は理事会の意向だからな。文科省からヒアリングも受けてるし、学部内のトラブル程度でなくなることはないんじゃないか」

榎本からそう聞かされて、彩乃は深く深く胸を撫で下ろしたのだった。

そして、そんな話をする少し前のこと。

「うわあ、本の森みたいですね……」

初めて入る榎本の研究室に、安藤舞衣は目を丸くした。

「いきなり来てもらって悪いね」

「そんな、とんでもありません」

榎本に――学内でも有名なイケメン准教授に、少し顔を赤くして首を振る。

彩乃は以前「研究協力依頼」と称して美咲とカフェで話をしたが、今回は榎本が指導のためとして舞衣を研究室に呼び出した。なお学生指導と言うと怖そうな響きだが、教員が面談して悩みを聞くこと自体は珍しくない。

「あ、『美濃忠』だ。あたしこれ好きなんです」

「安藤さんは食べ飽きてるかもしれないけど……」

「地元の人間はそんなにういろう食べないですよ。贈答品で貰ったときくらいで」

なお榎本はさも自分が用意したという顔で笑っているが、実は彩乃がダッシュで買ってきたものである。この研究室は本来、座布団もセルフサービスなので。

「あの、なんで佐々木先生もいるんですか？」

「実は僕の昔の後輩でね、今日は手伝いに来てもらったんだ。――僕みたいな立場の人間が、女の学生さんと二人きりになるのはあまりよろしくないから」

舞衣がかすかに苦笑いを浮かべた。

どうやら学生指導と称して研究室に呼び出された時点で、舞衣もうすうす用件を察していたようだ。

「僕も佐々木先生も君のプライバシーは守るから、そこは信頼してください。……それと、これから話すことはあまり他の学生さんには言わないように」

「……わかりました」

そして榎本は、あやかしのことは伏せて安田教授の一件を説明した。

舞衣は国際文化学科の学生だが、今回は榎本が人文学部長にかけ合ってこの役を引き受けたのだ。舞衣は自分のセクハラに関するあたりは険しい顔で聞いていたが、過去に自殺した学生に話が及ぶとさすがに驚いたようだった。

「安藤さんに不愉快な思いをさせたことはすべて大学側に責任があります。……本当に申し訳ありませんでした」

「そんな、別に榎本先生に謝ってもらうことじゃ……」

文机で榎本が深々と頭を下げると、舞衣は慌てて首を振っていた。

ややあって、舞衣がぽつぽつ安田教授からの被害について話し始める。

「去年の後期あたりからいきなり話しかけられるようになったんです。しかもなんかあたしから誘った？　みたいなこと言ってて」

実際は影女を〝視た〟安田教授の勝手な思い込みだったわけだけれども。

「でも断ったら後で何されるかわからないじゃないですか。成績評価下げられたらG

ＰＡ（成績の平均値）悪くなりますし、Ｄ（落第）にされたら最悪ですし」

「……教員側としては耳が痛いね」

「だから、研究室に呼ばれたときにこっそり会話を録音してたんです」

唐突な告白に彩乃、そして榎本すら目を丸くした。

「録音というのは、その安田さんの脅し文句を……？」

「はい。普通に言うより、証拠が溜まってから、それを持って学科長か学部長に相談したほうが確実かなって思いまして」

データ今ここで再生してみますか？　と舞衣はけろっとした顔で言っている。

彩乃はぽかんと口を開けていたことに気づき、慌てて表情を引き締めた。

（いや、ちょっとだいぶびっくりしたけど）

驚いたが、舞衣が傷ついているよりはよほど良い。まあ安田教授はもはや立ち直れないかもしれないが、そこはもう同情しないことにしている。

（いまどきの学生さんってたくましいわ……）

三十歳手前の彩乃は学生とそこまで歳が離れているわけではないはずなのだが、わずか数年で隔世の感がある。

けれども、彩乃はすぐに首を傾げた。

舞衣が安田教授の研究室で水をぶちまけて「火が見えた」と叫んだことが今回の騒

動の発端だったわけだが、それを彩乃は「男性教授に迫られて怖かったのだろう」と想像していた。

だが実際に話してみた舞衣は冷静で、そうそう取り乱しそうには見えない。

「ねえ……、安藤さん。その録音ってスマホでやってたんだよね？」

彩乃から話しかけられたことに舞衣は少し驚いたようだが、小さく頷く。

学部生でレコーダーを持っている者は少ないだろうから、それが普通だろう。

「もしかして……録音しようとして、失敗しなかった？」

舞衣の話通りであれば、安田教授に気づかれないようにこっそりスマホを操作していたはずだ。だがいくらスマホが手に馴染んでいても、隠したまま……画面を見ずに操作するのはなかなかハードルが高い。「ちゃんと録れているだろうか」と気になってちらちら手元を見てしまうかもしれない。

安田教授に録音を気取られそうになった舞衣はとっさに、

「ちょうど側に水道があったんです。それで蛇口を捻って、ぶしゃーっと」

この榎本の部屋も含めて、研究室には小さな手洗い場が設けられている。

舞衣は慌てるあまり蛇口を捻るという暴挙に出て、さらに「火が見えたから」などと言い訳してしまったわけだ。

その後学内に怪談が広まり、安田教授もまた幽霊の偽装に熱中して舞衣を呼び出すともなくなった。そのため舞衣も証拠データを提出しそびれたまま今日まで来てしまったのだとか。

「なるほどねえ……」

榎本は頷いているが、さすがにその顔は苦笑いになっていた。

やがて話を終えて舞衣を見送った後、彩乃も呆然と呟く。

「……安田先生も、私たちも、みんな化かされてたような気がしますね」

かつて自殺した学生は小柄でおとなしい子だったという話だし、舞衣もまた華奢でふわふわした印象の女子学生である。老教授からセクハラされかかっていたという情報もその印象を強めていただろう。

だが、安田教授がもう少しだけ目を凝らしていたなら——ちゃんと舞衣の性格を見ていたなら、影女に惑わされて寂しい末路を迎えたりはしなかったものを。

（……人間は、見たいものしか見ない）

その通りだ。正しく事実を見ることのなんと難しいことか。

呟く彩乃を榎本が胡乱な目で眺めて、

「人間のことは人間ならわかるんじゃなかったのか」

「それ先輩が勝手に言ってただけじゃないですか。そもそも人間の如何《いかん》なんて、そんなものがあっさりわかるなら、民俗学も文化人類学も社会学も文学も法学も経済学もみんな商売上がったりです！」

「それもそうか」

文系と理系という分け方には賛否両論あるけれども、文系とはおおよそ人間の活動、あり方を研究する学問だ。民俗学もその一系統であり、各地に残る風習や口承からそれに迫ろうというものである。

「僕もまだまだ学問が足らないようだ。精進しないとな」

榎本は肩をすくめて、

「それならお前の学問のためにも、もっと実地に放り込んで鍛えてやらないとな」

「それって、何か起こったらまた私がこき使われるってことじゃないですか！」

人柱と魍魎《もうりょう》の話

その村では、毎年のように川の氾濫に悩まされていた。

あるとき村人たちが神社の境内でそのことについて話していたところ、占い師が通りかかったので、一同は相談を持ちかけた。

占い師は「水神様に齢十五の娘を捧げれば、怒りは収まるだろう」と言った。

その言葉に従って、十五歳の娘を持つ村人たちが集まってくじ引きを行ったところ、庄屋に当たった。親娘は泣く泣く人柱となる定めを受け入れた。

娘は鈴とともに白木の箱に入れられて堤防に埋められた。一週間ほど地中からは娘が鳴らす鈴の音が聞こえていたが、やがて絶えた。

それから水害は起きなくなり、村は平和になったという。

＊

今日も彩乃はふらふら廊下を歩いている。

今朝までやっていたのは授業のレポートの採点だ。先日、調査を兼ねてやったアンケートではなく、成績に影響するものである。

学生にとっては半日もあれば書き上がる課題だが、採点する側からすると読み込まなければならない文書が数十本もあることになる。昨今の大学改革によって評価は厳密に行わなくてはならないし、大学の成績管理システムの仕様は率直に言ってクソだ。

「採点ってこんなに大変だったんだなあ……」

学生時代は「指導教官が草稿を読んでくれない」「評価が理不尽だ」とさんざん文句を垂れていたものだが、同じ立場になってようやくわかる辛さであった。

（眠い……とは思わなくなったのが、逆に悲しい）

非常勤講師と塾講師、そして榎本の下僕の一人三役をこなすようになって数ヶ月、ろくに睡眠を取れない生活にもすっかり身体が慣れてしまったようだ。

「就職かかってるし、今無茶しないでいつ無茶するんだって話だし……」

呟いたところで彩乃は足を止めた。

いちばん彩乃の身体に無茶を強いる相手は、この扉の向こうにいる。

（だ、大丈夫だよね、献上品はちゃんと用意してきたし……）

ずしりと重いバッグの中には、授業用のほか本を何冊も詰め込んできている。

（『白い巨塔』『文学部唯野教授』あたりは基本だよね、うん）

いずれも大学内部を舞台にした有名な小説である。

先日の小火騒動で、お狐様がたまに人間の……彼の言葉を借りればろくでもない事情に躓くことがわかったので、謹呈するべく持ってきたのである。小説では不満だと言われる可能性もあるので、ドイツの政治学者マックス・ウェーバーの『職業としての学問』も付けておいた。

こんこんと扉をノックしかけたところで、彩乃はふと眉をひそめた。

扉の奥から何やらくぐもった話し声が聞こえてくる。相槌はなく榎本の声だけ、そして彼の話しぶりからして、

（やば、電話中！）

訪問時間を指定してきたのは榎本だが、突然の電話まではさすがに彼の責任ではないだろう。電話が終わるまで待っているしかなさそうだ。

（学部長からまた仕事降ってきたとか、保護者からの相談とか……）

扉の前にぼんやり突っ立つことしばし、ようやく電話が終わったようだった。

彩乃は改めて扉を叩き、

「失礼しま――……ひえっ⁉」

ドアノブに手をかけようとした瞬間、目の前で扉ががちゃりと開いた。

反射的に一歩退がる彩乃の前で、榎本――この研究室の主人はにたりと笑う。

「よう。いいところに来たな」

どうやら、次の彩乃の雑用は決まったようだ。

「さっきの電話、市役所からだったんですか？」

彩乃は首を傾げてから、座布団の上でもそもそ足を崩した。

その向かいで榎本はぴしりと背筋を伸ばしてマウスをクリックしている。たまに舌打ちして「……再提出だな」と呟いているので、彼も課題の採点中らしい。

「先輩、もしかして市民税を滞納したとか……」

「阿呆か。仕事の話に決まってるだろ」

「民俗学が世間様のお役に立つことなんてあるんですか？」

民俗学の博士号持ち《ドクター》が言うにはあまりに悲しい台詞であった。

「世俗の役に立たないのは民俗学ではなくお前だ、阿呆。……今度、市内にある道の駅を改装するらしくてな」

「道の駅、ですか」

この春日大学の建つ市は名古屋市に接してはいるが、そこから隣接した商業地区を抜ければのどかな……これと言って何もない風景が広がっている。

そちらの地区にある道の駅ではこれまで細々と特産品を売っているだけだったが、今度、改装して新たに展示室を作る予定があるそうだ。

「道の駅の展示っていうと、郷土史のパネルが置いてあったりするあれです？」

彩乃も資料収集のため遠方に足を運ぶことが多いので、高速道路のSA《サービスエリア》や道の駅に立ち寄ったときにはそうした展示を見かける。

内容はその地域で代々続くお祭り、開拓や市町村合併の歴史、地域ゆかりの武将の鎧兜が展示してあったりもする。ただ力の入れようは場所によって様々で、博物館顔負けのところもあればパネル一枚のところもあったりするが。

「ああいう展示物も大学が作るんですか？」

「産学連携、地域貢献。文科省が唱えてくださるありがたい題目だ」

「……なるほど」

大学改革が進む昨今、大学はただ安穏と学生を受け入れて研究だけしているわけにはいかない。企業なり地域行政なりと組んで、とにかく〝役に立つ〟ところを世間様に示せというわけだ。

「それで市役所から大学に依頼が来て、榎本研《うち》に割り振られた」

「言われてみればああいうのって、いかにも民俗学《うち》の領分ですもんね」

あまり世間様のお役に立てない民俗学の、数少ない見せ場である。

「でもこのあたり、春日大学が調査したことってあるんですか？」

日本には各地に大学があり、歴史、文化の調査を行っている。

ただし同じ町村をいくつもの大学が寄ってたかって調査しても先方を混乱させるだけだし、一度も調査されない歯抜けの地域があってもならない。各大学で研究が進むにつれて「どこそこの大学はどこそこの担当」という暗黙の了解が生まれていったらしい。

しかしそうなると、名門大学は美味しい――と言うのもなんだが――地域、新設大学はあまりネタもない地域にしか立ち入れなくなったりする。

すべての土地を調査して比較検討すべしというのが柳田國男以来の御題目ではあるが、研究者にとっては論文にしやすいか否かは死活問題である。母校が古豪だったおかげで彩乃はあまり意識したことがなかったが、新設校の研究者から恨み節を聞かされたことがある。

「いや、春日大学《うち》が前にここらの調査をしたとは聞いてないな」

「それって大丈夫なんで……」

「ただ、市役所からの依頼となれば話は別だ。大学ごとの担当なんてのは研究者の内輪の話で、外部には関係ないからな」

「……そりゃそうですね」

肩をすくめる榎本に彩乃も頷いた。

「この話自体はしばらく前からあったんだが、担当者が異動になってストップしていたんだ。それが、さっきいきなり後任から連絡が来て、今すぐやれという御公儀《ごこうぎ》からのお達しだ」

「……お疲れ様です」

げんなりとため息をつく榎本に、彩乃は思わず頭を下げる。

「今日は珍しく時間ができたから、あれに目を通したかったんだが……」

見れば、置き畳コーナーの近くに段ボールが積んであった。

ちなみに教員は申請すれば必要な資料は大学予算で買ってもらうことができる。ただし退職時に大学に返却しなければいけないし、申請書類を書く手間などもあるので、自腹を切る教員も多い。

「なんの本を買ったんです？　……うわ、中国から取り寄せたんですか」

彩乃は中国語はできないが、発送伝票の下に書かれた説明から漢字を拾い読みすると『人祭』『帝辛』などの単語が見える。古代中国、殷《いん》王朝時代の生贄儀式に関する文献か。

段ボールの隙間から立ち上る臭いは、古書特有のものだ。

（……まあ、先輩なら白文（原文）でも問題ないしね）

漢文とはつまり古代中国語である。江戸時代以前は漢籍の素養のある人間も多かったから、当時から生きている榎本であれば、まったく同じとはいかないにせよそのまま読解できるはずだ。

「ところでお前は、〝面白いもの〟はちゃんと持ってきたんだろうな？」

「い——いいえ、忘れました、すみませんッ!!」

ここで『唯野教授』を渡したら殺される気がする。彩乃は土下座でごまかした。

冷や汗をだらだら流しながら話を本題へと戻す。

「で……でも市史の展示って、もうネタは決まってるんですか？」

これが隣接する名古屋市であれば、江戸時代における御三家・尾張《おわり》藩の中心地であるし、なんと言っても織田信長《おだのぶなが》に豊臣秀吉《とよとみひでよし》という偉人も輩出している。

しかし市境をひとつ越えたこの街は、赴任したばかりの頃に軽く史跡を調べてみたがあまりめぼしいものはなかった。

「このプロジェクトは基本、うちのゼミの学生にやらせる予定なんだが……」

「学生さんに手伝ってもらうにはちょうどいいですもんね」

教員が学生をバイト扱いで自分のプロジェクトに参加させるのはよくある。

「だが、学部生には荷が重い箇所もあるからな。——博士課程を出ておいて、まさか学部生より役に立たないなんてことはないだろうな？」

狐の笑みで彩乃を凍りつかせてから、榎本は文机の奥に手を伸ばした。

文机の隅には卓上型の棚が設えてあって、榎本はそこを作業中の書類や参考資料の一時置き場にしているようだ。プラスチックやビニールのファイルに紛れて古びた和綴じの本まで見える。

（ずいぶん大事にしてるみたいだな、本が日焼けしないようにしてるし）

五冊組のその和綴じの本だけケースに収められている。和紙は頑丈な素材ではあるが劣化はするので、保管に気を付けるのは当然ではあるけれども。

「えーと……」

彩乃は指示されるままに渡されたファイルをめくる。

ファイルは古文献のページをコピーしてきて順番に綴じ込んだものだ。

「……ちょっと待ってくださいね」

彩乃も古文献の精読はできるが、さすがに古文漢文ネイティブの榎本と同じスピードとはいかない。

そしてお狐様は彩乃がちんたら読み進めるのを待ってはくれなかった。

「永正《えいしょう》十年、沙汰人（領主の代理人）が惣村《そうそん》（農民の共同組織）の庄屋から聞いた話を書き留めたものだ。明応《めいおう》の頃に庄内川が氾濫して、死人や家を流された者が何人も出たという話をしている」

明応は一四九二年から一五〇一年までの期間を指す。室町後期の話か。

「庄屋の話によれば、洪水の後、村では堤防を修復する際に人柱を立てたそうだ。以来、確かにその村では大洪水は起きていないらしい……ってな」

彩乃はごくりと息を飲んだ。

「……人柱、ですか」

民俗学などやっていれば、どこかで必ず耳にする言葉ではあるけれども、

「めぼしいネタもないからな、これも展示に入れようかと思ったんだが、典拠になりそうな資料がこれ以外に見つからない。先行調査でも芳しい成果はなかったようだし、学部生にやらせるのはさすがに無茶だろう」

(つまり、私に続きをやれってことなんでしょおおお⁉)

一瞬、エジプトの砂漠を彷徨う考古学者のような気分になる。

あの分野の研究者は、砂に埋もれた未発見のピラミッドを見つけるのが最大の名誉だというが、それを夢見て砂漠を彷徨い続けて一生を終える者もいるという。つまり、曖昧な手がかりだけを頼りに「本当にこのような出来事はあったのか」を調べるのはきわめて難しい。

ましてや五百年前の出来事ときている。

「あの、先輩もちょっとは手伝って……」

「僕はこれから人事計画書と公募計画書をまとめないといけない。新規採用なしで学部再編を進めていいなら、いくらでも手を貸してやるが？」

　榎本が言ったのはコース制へ移行した後の大学運営状況予測を踏まえた長期の人事計画と、それに基づいた公募計画をそれぞれまとめたものだ。これらをそれぞれ学部長と人事課のチェックを受けて人事担当の副学長に提出した後、やっとJREC-IN《イレチン》に公募の告知を出すことができる。

「うっ……そうだ、この仕事って私も実績欄に書いていいやつですか？」

　どこの大学も産学連携、地域貢献をアピールしようとしているから、そうしたプロジェクトに関わった経歴は実績になる。今回は自力で獲得してきた案件ではなくあくまで手伝いだが、足しにはなるだろう。

「履歴に書くのは構わないし、ちゃんと働くならお前にもバイト代の形で出す」

「ありがとうございます！」

　お狐様にこき使われるならこのくらいのリターンがないと心が折れる。

　まあ、こうやって飴と鞭で転がされているのは自覚しているのだけれども。

＊

（くそう……）

　先日、不意打ちで〝犬〟の一撃を食らった右脚がまだ痛む。

ただでさえ流れ弾で眼と脚が一本欠けているのに、もう一本失ったら走り回ることすらできなくなってしまうではないか。そうなったらどうしてくれよう。取り憑いて、衰弱死するまであの小娘の身体を使い倒してやる。

念入りに気配を消しているおとら狐の見つめる先では、学者狐とあの忌々しい小娘が何やら話している。

どうやら、学者狐が小娘に何か命じたようだ。

狐が人間をこき使うというのはちょっと痛快な場面だ。あれで学者狐が小娘を呪い殺すつもりであるなら文句はなかったのに。

（……ふむ？）

どうやら学者狐が小娘に行き先を指示し始めた。

そもそも奴らは四六時中一緒にいるわけではないが、いつ学者狐が追いかけてくるかと考えると、おとら狐にもすぐには手を出せなかったのだ。だが奴らの予定をあらかじめ把握しておけば、小娘が一人になる時間もわかる。

（――今に見ていろ）

あやかしは仕返しをするものなのだ。

狐に犬をけしかけるなどという真似をしたあの小娘も例外ではない。そのことを思い知るべきだ。

＊

「――先生、佐々木先生！」

耳元で何度も囁かれ、ようやく彩乃は我に返った。

「ごめんね!?　本に気を取られてて、ぜんぜん耳に入ってなかった……」

慌てて机に広げていた本を閉じる。東海地方の古地図で、この大学のある一帯の地理や領主の家系などを確認していたのだ。

「……いえ、榎本先生もたまにそういうことありますから」

苦笑いしたのはむろん榎本ではなく、榎本研の女子学生だ。

榎本が言った通り展示パネルの作成は学生が中心となって行っており、彩乃はあくまでそのサポートだ。今日もそのために大学図書館で二人で調べ物をしていたのだが、残念ながら彩乃は学生に面倒を見てもらう体たらくであった。

「大学の先生になるような人って、やっぱり集中力すごいんですね」

「いや、私はまだまだ榎本先生には及ばないよ」

榎本研の学生へのお愛想というわけではなく、これは本心である。

古文書というのは機密文書から反故紙まで実は山ほど残っていて、すべてが整備されているわけではない。いくら大蔵経まで読破しているお狐様でも、歴史的にさして重要でもないあの覚え書きにはアクセスするにも一苦労だったはずだ。

おそらく市役所から打診があった時点で下調べを始めたのだろうが、

（〝面白いもの〟を探す執念はすごいからなあ……）

「それで佐々木先生、そろそろ閉館時間です。早めに図書館出ないと」

「うわ、ほんとだ！　ちょっと待ってて、これだけコピーしてきちゃうから！」

そして閉館時間をオーバーして外に出ると、もう完全に陽は落ちていた。

ただ院生室で夜を明かす生活を何年もしていたので、このくらいの時刻なら「本番はこれからだな」と思えてしまうのが悲しいところだ。

キャンパスから最寄り駅までの道のりを、そのまま女二人で歩く。

「今日はごめんね、大森《おおもり》さん。私の本探しばっかり手伝ってもらっちゃって」

「いえ、そのつもりで来ましたから」

「ところで土葬の本を一緒に借りてたけど、あれは……」

「あ、あれはゼミ用です。榎本先生が次のゼミまでに読んどけって」

榎本の指示と聞いて彩乃は一瞬、彼女の成仏を祈りそうになった。

彼女は学部四年の大森奈月《なつき》といい、榎本の研究室で何度か顔を合わせるうちに親しくなった女子学生だ。

あまり化粧っ気もなくのんびりした性格で、〝先生〟の彩乃にもフランクに接してくれる。毎回、榎本にぎちぎちに絞られている彩乃にとってはオアシスのような存在であった。

「夕飯、今日は何にしようかなー。冷蔵庫の中がもうすっからかんで」

「ちゃんと自炊してて偉いね、私なんかもう数ヶ月カレーしか作ってない……」

三十歳手前の社会人としては虚しすぎる発言の後、彩乃は首を傾げた。

「あれ、大森さんは自宅通学じゃないんだ？」

春日大学は中堅の大規模私大とあってか近隣から通学してくる学生が多い。難関大を目指すほどではないが順当に大卒の学歴を得たい若者たちの受け皿となっている、と聞いている。

「あたしの地元ってすごい田舎で、中学にも山ひとつ越えて行かないといけないレベルでしたもん。大学に家から通うなんてとてもとても」

「実習でそういう山奥にも行ったけど、大変そうだよね……」

「生まれたときからそうだと、そんなものだと思っちゃいますけどね」

名古屋に数年住んだらもう戻れる気がしませんけど、と奈月は苦笑いした。

「そうそう、家の側にお墓があって毎日その横を通らないといけなかったんですよ。通るたびに変な臭いがして嫌だったんですけど、お婆ちゃんが、お葬式でお棺をちゃんと見張ってないと遺体を妖怪に奪われるなんて話をしたもんで……」

「……そ、それは大変だね」

気遣うように言ったが、実際は怖がりが頭をもたげただけである。

(墓場から人間の遺体を盗むあやかしって何がいたっけ。火車《かしゃ》に……)

火車とは鳥山石燕《とりやませきえん》の『画図百鬼夜行《がずひゃっきやこう》』にも登場するメジャーな妖怪で、日本各地の伝承に登場する。猫が変化した妖怪、あるいは正体は猫又であるとも考えられていたようだ。

(あとは……なんだっけ、魍魎?)

これ以上考えていると挙動不審になりそうなので、彩乃は首を振ってどうにか脳裏からぞわぞわあやかしの蠢くイメージを振り払った。

「いっそ、お婆ちゃんの話を卒論にしたら? もちろん複数人に聞き取りをして、違いをまとめる必要はあるけど、自分の地元の口承なんて面白いと思うけど」

彩乃が言うと、奈月はちょっとだけ目を丸くしたようだ。

「実はそのつもりなんです。ただし調査はちゃんとしろって、榎本先生にも同じことを言われました」

「わはは、だって私も学生の頃に榎本先生にボロクソに言われたもん」

ただしこれは論文の基本なので、別に榎本が彩乃をいびり倒したとかそういうわけではない。

「榎本研に希望出したのも、民俗学をもっと勉強したらお婆ちゃんの話がわかるようになるかなと思ったんですよね。昔話は面白いのもありますけど、何が言いたいのかさっぱりなのも多いので」

物語が生まれた当時の常識……暗黙の了解が時代を経て失われてしまうと、筋道の立たないただの与太話になってしまう。ある意味、妖怪譚もそうした文脈を失った物語の一種ではあろう。

この世界にはあやかしがいるという、大前提が失われた現代にあっては。

「でも榎本研に入るのは大変でした。希望者すごく多くて」

「うん、それはなんとなくわかる」

「今もたまに『あんたはイケメンの先生のとこで良かったよね』って絡まれるんですよね。あたしはお墓の勉強したかっただけだって何度言っても……」

「うんうん。よくわかる」

「でも本当に榎本先生格好いいですよね！　あ、お墓の勉強したかったのは本当ですよ、でもそれ教えてくれるのがこの先生でラッキーとは思いましたもん」

「……うん、まあ、そうだよね……」

いや彩乃とて事実そのものを否定する気はないのだ。

ただ本性を知ってしまったせいで、どれだけ見目麗しくても「みんな化かされてる……」としか思えなくなってしまっただけで。

「だいぶ見慣れたつもりなんですけど、それでもたまにきらきらと……うん、なんか金色に光ってる気がするくらいですもん。……あ、これ他の人には言わないでくださいよ、すごい恥ずかしいので！」

あくまで先生として尊敬してるんです！　と奈月は力説しているが、

（いや、金色に光って見えるっていうのは結構ガチなんじゃ……？）

さすがに母校の同級生にもそこまで目が眩んでいるのはいなかった気がする。

「佐々木先生って榎本先生と同じ大学なんですよね。昔はどんな感じでしたか？」

「いや、今と全然変わらないよ。久しぶりに会って驚いたもん」

「えー！　それじゃあ……」

名古屋にまだ知人の少ない彩乃には久しぶりの、女子会風トークが続く。

これで話題が榎本でなければもうちょっと楽しかったのだが。

＊

月明かりの夜、川面に若い娘が立っている。

幻想的ではあるが、それ以上に哀れな光景だった。

水面に立っているということは、娘はもはや人間ではないということだ。

「もしもし……」

自分が娘に呼びかけたのは哀れみ、そしていくばくかの興味だったと思う。

娘は喜んでいろいろな話をしてくれた。元来好奇心の強い娘だったようで、生前の出来事やら人間社会の習慣やら、村からろくに出たこともなかったにしては色々なことを知っていた。まあ、たいして面白くもなかったけれども。

ただ、尽きぬ話を続ける娘はやはり哀れではあった。

彼女はもはや土地に縛られて、どこにも行けなくなってしまった身だ。これからこの世で起こることを彼女はただ見ているしかないのだから。

「…………」

その後、自分は彼女の〝やりたかったこと〟をやるようになった。

別に哀れな娘の代わりになってやろうと思ったわけではない。ただ、またいつか出会うことがあったなら、その話をしてやってもいいと思ったのだ。

＊

「本当に、こんなところに人を埋めたんですか……」

呟いたのは奈月だ。

彩乃が現地調査の準備をしていたところ、興味を惹かれたのか「あたしも一緒に行っていいですか?」と言い出したのだ。彼女の指導教官である榎本の許可も得られたので、今日も二人で行動している。

「あの覚え書き、ちゃんと地名も書いてあったからね。当時の地図だと――……」

彩乃たちがやってきたのは、人柱の記録が残る川の河川敷だ。

人柱は建物が災害や敵襲で破壊されないことを願って、建造物に生きた人間を埋め込んだり水に沈めたりするものである。この「人間の魂が建物を補強する」という思想は日本をはじめ世界各地に見られるもので、壁の中に幼児を埋めたり城壁に敵の血をぶちまけたり、ドイツには「物乞いを泥酔させて寝ている隙に埋めてしまった」などという酷い話もあったりする。

よく人柱が立てられたのは城や砦、そして堤防や橋といった水辺である。

「占い師の言葉に従って、村人たちは十五歳の女の子を水神様に捧げることにした。くじ引きで、それは庄屋の娘に決まった。娘は白木の箱に入られて橋のたもとに埋められ、娘は地中から鈴を鳴らして……」

改めて資料の内容を思い出すように、彩乃は誦じる。

昔話の舞台となったのは、岐阜から愛知にかけて流れる庄内川である。

大学のある市街地からは外れているため、実際に来てみるともう名古屋近郊とは思えないような山の麓だった。川幅が狭いぶん水流は早く、川の左右には広葉樹林が広がり、二人が佇む河川敷にも岩がごろごろしている。

ただ補強工事は行われているようだし、向こうに見える鉄骨で造られた橋は増水にも耐えるだろう。昔話が語る水害は遠いもののように思える。

けれども。

（……埋められたのは、どのあたりだったのかな）

娘が白木の箱に入れられて埋められたのは堤防の決壊しやすい箇所だったという。橋近くではあったようだが正確な位置はわからない。もしかしたら今、自分が立っているちょうど足下だったかもしれない。

箱の中で、娘は何を思いながら鈴を鳴らしていたのだろうか。

「…………」

想像して彩乃は肩を震わせ、さらに視たくもないものを見つけてしまった。

背の高い雑草の陰からあやかしがこちらを見ている。

おおよそ二、三歳の子供ほどの体躯で、肌は赤黒く目は赤く、髪だけが艶やかな黒に輝いている。

（……魍魎かな）

得体の知れないもののことを魑魅魍魎というが、もともと魑魅とは山に棲むあやかし、魍魎とは水に棲むあやかしの総称である。それらを足し合わせて怪異そのものを指すようになったのだ。

ただしそれとは別に、特定のあやかしを指して魍魎と呼ぶこともある。

赤い小鬼……〝魍魎〟は彩乃の視線に気づいてか、けたけたと憎たらしい笑顔で走り去っていった。

「……あの、佐々木先生？」

「ま……まあ、昔だって酷い話だとは思ってたんだと思うよ」

現代の感覚では「迷信のために人間を犠牲にした」となるのだろうが、当時の人々にとって人柱の加護は現実にあり得るものだった。堤防が決壊して河水が溢れれば集落の存亡に関わるのだから、一人を犠牲にして村を助けようと決断した人々がいてもおかしくはない。

「実際、犠牲になった人の供養をずっと続けてる地域もあるしね」

「昔話として残ってるだけで、実際には殺してなかったんじゃないか……なんて説もあるみたいですけど」

指導教官《えのもと》の薫陶の賜物か、奈月はきちんと予習してきたようだ。

　実際、人柱になるはずだった人間を助けて別の物を身代わりにしたという話も多い。諸葛孔明《しょかつこうめい》が人間の首の代わりに饅頭《マントウ》を川に投げ入れた逸話や、人柱となる女性の代わりに櫛を入れて埋めたという話は日本にもある。

「ひとつは単純に、話ができた時代の違いだね」

　一説によれば、社会の人口が十万人以下であれば人間の犠牲は機能するが、それを超えると逆に不安定をもたらすという。時代が下り、文明が発展するにつれて生贄はその役割を失い――利用し、あるいは機転で乗り越えるべきものになっていったのだ。

「あとは研究者ごとの考え方の違いかな」

　実は「人柱の伝説は歴史的事実か否か」について大否定した研究者がいる。

　おそらく民俗学者としてもっとも知名度が高いであろう柳田國男だ。

「柳田國男の民俗学は国家論でもあったというか……身も蓋もないけど、〝すごい日本の歴史〟を構築するためだったと言えばわかる？」

「……なんとなくですけど」

　もともとは官僚であり、明治以降に日本という国家の理想像を模索した柳田にとって、人間を犠牲にする野蛮な物語は受け入れがたいものだったようだ。伝承はあくまで伝承であり、必ずしも事実を反映しているとは限らないとして、他の研究者と論文誌上で激しい議論を繰り広げている。

「……さて、川と橋も見たことだしそろそろ行こうか」

「はい」

榎本から提供された関連資料はふたつ。

ひとつめはむろん先日見せられた、戦国時代の役人の覚え書きだ。

そしてもうひとつは、戦後に尾張大学という大学が刊行した紀要である。

(まあ、これっぽっちも役に立たなかったけどね!)

どうやらその尾張大学の教授もあの覚え書きに目をつけていたようなのだ。だが紀要にあったのは「これから頑張って調査します」という予定だけで、バックナンバーを漁っても調査結果は出てこなかった。

(途中経過でもいいから報告上げておいてよ……)

尾張大学に問い合わせてみたのだが、件の教授は数十年も前に、在職中に亡くなっていた。遺品である所蔵資料の現所有者も探してみたものの、どうにか見つけた遺族からは「古本屋が押し寄せてきて片っ端から買い取っていった」という絶望的なコメントしか得られなかった。

つまり、一から彩乃たちが調査し直さなくてはいけない。

早くもげんなりする彩乃の横では、奈月がちょっと面白そうに呟いている。

「女の子が本当に死んだのか、どこで死んだのかを調べるって……あたしたち、なんだか殺人事件の捜査をしてるみたいですね」

「……うっ」

インターネットで用事がすむことが増えた昨今ではあるが、さすがに「昔のことについて話をしてくれる人」を探すのは難しい。世代差もあるし、情報を持つ人がうまいこと募集に応じてくれるとも限らない。

というわけで、川近くで地道に聞き込みから始めることになる。

山麓で傾斜の多い土地であるためか田畑は少なく、畑と家がぽつぽつ点在する中に自動車部品工場や電機メーカーの社屋が鎮座ましましている。パチンコ屋などはあまり見えないが、市街地からさほど遠いわけではないので、娯楽が欲しければそちらに行ってしまうのかもしれない。

「あら、大学の先生なの？　こんなにお若いのに……」

「まだ下っ端ですから、あははは」

こういうとき大学名入りの名刺は役に立つ。役職欄には『非常勤講師』と入っているのだが、学外の人間には教授と非常勤の区別は付けづらい。

そもそも住民の少ない地域なので聞き込みするにも難儀しそうだったが、ひとまず昔からやっていそうな酒屋に入ってみたのだ。

「市役所から委託を受けてこちらの調査をしているんですが、この地域の昔話とか伝承とか、そういったものに詳しい方がいらっしゃいましたら……」

「ごめんねえ、わたしは県外から嫁に来たもんだから」

店番のおばちゃんが申し訳なさそうな顔をする。

そこで、おばちゃんと雑談をしていた常連らしき老人が口を挟んできた。

「大学の先生？　……あー、もしかしてあんたたちあれか。ずっと前に、先代の宮司さんとこ行ったことあるだろう？」

彩乃にとっては初耳というか寝耳に水の話である。

（……前に、尾張大学が調査したときの話かな？）

研究成果として発表するには至らなかったが、どうやらある程度は調査を進めていたらしい。だが、それも七十年近く前のことである。

「それ、詳細をご存知の方はいらっしゃいませんか？」

「っっても、俺も先代が生きてた頃にちっと聞いただけでなあ……」

「昔の話を覚えてそうって言ったら、松井《まつい》さん家の婆さんじゃないか」

「というか、松井さん家も宮司さんと一緒に手伝ってたんじゃないか？　大学の先生が来たなら、まずあの人たちのとこに話が行くだろ」

話を聞くに、松井家というのは代々このあたりの顔役であるらしい。

長年自治会長を務めていたお爺さんは先年亡くなったが、家付き娘でその妻のお婆さん、息子夫婦はこの近くに住んでいるとのことだ。

彩乃は松井家の場所を聞いて、お礼代わりに日本酒を一本買って店を後にする。

(……せめて一升瓶じゃなくて軽いのにしておくんだった)

河川敷のあたりまでは彩乃が車を運転してきたのだが、今は駅近くの駐車場に停めてある。さすがに戻って荷物を置いてくるのは面倒くさい。

「……あたしが代わりに持ちましょうか?」

「大丈夫、大丈夫だから!」

さすがに学生に荷物持ちをさせるのは申し訳ない。

そして、よたよたと歩くことしばし。

「……ここかな」

目の前の門柱には『松井』の表札が埋めてある。

生垣の隙間から覗き込んでみるとなるほど広い家だった。木造、瓦葺きという伝統的なスタイルの母屋に、少し離れたところには農機具を入れる納屋、庭木の松や芝も定期的に庭師を入れているらしく立派なものだ。

(代々この家に住んでるみたいだし、だったら話も聞きやすそうな……)

彩乃の横で、奈月はなぜかすんすんと匂いを嗅ぐような仕草をしている。

「どしたの？　大森さん」

「いえ……川の臭いがこのあたりでもするので驚いて。風向きのせいかなあ」

「……川の？」

確かにこの松井邸は河川敷からさほど離れてはいないが、彩乃に感じられるのは目の前の生垣の青臭さくらいだ。奈月の実家はかなりの山奥だというし、そうした臭いに敏感なのかもしれない。

少し気にはなるが、今は聞き取り調査のほうが優先だ。

母屋のチャイムを鳴らすと、在宅だったようですぐに奥から返事があった。

「あーい……ん？　なんだ、あんた」

引き戸を開けて顔を出したのは、中年の男性だった。

酒屋での話に出てきた松井家の息子だろう。見知らぬ相手とあってか松井氏は上からぎろりと睨んでくるが、実は彩乃はこんな視線にわりと慣れっこだ。

（いきなり話を聞かせてくれって行って、親切にしてもらえるとは限らないし）

彩乃とて何度もフィールドワークに行っている。聞き取り調査はまず追い返されるところからスタート――とまでは言わないが、込み入った話を聞かせてもらうためには何度も通って、時間をかけて関係を築かなくてはならない。もっともその結果、大学ごとの縄張りだなんだという面倒な話も出てきてしまうわけだけれども。

「私たちは市役所から委託を受けて、この地域の調査をしておりまして……」

「市役所だあ？」

「はい。松井さんが、この地域の昔の出来事について詳しいとお聞きしたので」

「ああ、そりゃうちの婆さんのことだ。……おーい、母さん！」

松井氏が家の奥に向かって呼ばわると、ほどなくお婆さんも現れた。

「なんだい、若いもんがぞろぞろと……」

一見したところお婆さんは七十代後半、あるいは八十歳を超えていそうだ。

彩乃はわずかに身を乗り出す。前回の尾張大学の調査は終戦からそう経たない頃だから、お婆さんも子供の頃の話として記憶している可能性はある。

「突然お邪魔して申し訳ありません。私は春日大学の講師で、この地域の伝承……昔話や、古い習慣などについて調査しているんです。松井さんはこのあたりの昔話にとてもお詳しいとお聞きしたもので……」

口上の途中で彩乃は思わず言葉を飲み込んだ。

初対面でもはっきりわかるほど、お婆さんの表情がたちまち険しくなる。

（やば、何かマズいこと言った⁉）

しかし、まだ挨拶文のテンプレート程度のことしか口にしていないはずだ。

お婆さんは玄関の式台から彩乃をぎょろりと睨んで、

「大学だって?」

「は、はい。私は春日大学から……」

もしや身分詐称と思われたのだろうかと、慌てて名刺を取り出そうとするが、

「大学の連中に話してやることなんかないよ。帰んな!」

「あ、あの……」

「お前もだよ、大学の奴らなんかを勝手にこの家に上げるんじゃない!」

彩乃、そして自分の息子に怒鳴るなりお婆さんは家の奥に消えてしまった。

ぽかんとそれを見送るしかない彩乃と奈月、松井氏も困惑した顔だ。

「あんたたち、大学生か?」

「彼女はそうですが私は非常勤講師です。春日大学の歴史地理学科で……」

さきほど渡し損ねた名刺を見せる。ひとまず信じてはもらえたようだ。

「春日大だって……? それで、市役所が何を調べてるんだって」

「この地域の伝承……昔の出来事ですとか、そういう言い伝えですとか」

「ああ、そういうのか」

松井氏は眉間にきつく皺を寄せてから頷いた。

「今調べているのは、庄内川とあちらの西谷橋の伝承です。明応年間……だいたい今から五百年前ですが、川の氾濫を鎮めるために十五歳の女の子を人柱にしたという記

録が見つかりまして」

「…………」

「もし、そうした言い伝えをご存知でしたら、教えていただきたいと……」

「いや、知らんよ」

彩乃の話を遮るように、松井氏は投げやりに言った。

「見てのとおりこのあたりはただの田舎だし、そんな面白い話もないよ。俺は生まれてからずっとここにいるが、そんな話は聞いたこともない」

「はあ……」

見たところ松井氏は五十代くらいだ。

歴史に興味があるならともかく、そうでなければどこかで耳にしても忘れてしまっている可能性は高い。町おこしだなんだと郷土史を掘り起こすようになったのは最近のことで、それまで高度経済成長を夢見ている時期は長かった。

お婆さんなら覚えているかもしれないが、あの怒りようでは無理だ。

（……これ以上、ここで粘っても仕方ないな）

市役所から委託された仕事ではあるが、フィールドワークは相手の感情や事情を尊重しながらやるものだ。どこぞのお狐様のように綺麗なお顔で強引に聞き出す真似はしてはならない。

彩乃はふたたび深々と頭を下げて、

「お忙しいところ、ありがとうございました。お母様にもお詫びを……」

「……あの」

割り込んできたのは、これまで後ろでじっと話を聞いていた奈月である。

「ん？　まだ何かあるのか」

「お隣の納屋なんですけど……あそこ、何があるんですか？」

（……納屋？）

そう言えば、さっきも奈月は「ここでも川の臭いがする」と言っていた。

納屋がその臭いの発生源と思ったのかもしれないが、それにしても河川敷と似た臭いがするものとはなんだろう。腐った生魚などでなければいいが。

「納屋？　トラクターやら……ああ、昨日、食器棚を解体してそのままにしてあるな。まあ農具と工具を置いてるだけで、面白いものなんぞありゃしないよ」

「……いえ、妙なこと言ってすみません」

奈月は気まずそうに頭を下げる。自分でもうまく説明できないといった様子だ。

改めてお詫びを言ってから二人は松井家を辞した。

「…………」

住宅街の細い道を、奈月はとぼとぼ俯きながら歩いている。

「あの……すみません、あたしなんか余計なこと言っちゃって」

「あんまり気にしないほうがいいよ。現地調査なんて最初はこんなもんだから」

しかし門前払いに慣れている営業職や研究者はともかく、学部生が初対面の人間にいきなり怒鳴られてはショックを受けるのも仕方ない。

傾斜のきつい道を眺めつつ、彩乃はスマホにマップを表示させて、

「今ここで、駐車場がここ……んー、これに沿ってもう少し歩いてみようか」

「は、はい」


りいん、りりりいいいん……。


「地元の人がいそうな……あ、この居酒屋は開店準備してれば誰かいるかな」

マップを睨んで次の聞き込み対象を探そうとしたところで、彩乃は眉をひそめた。

遠くから何か耳慣れない音が響いた気がする。

（……気のせいかな？）

＊

（……ふうん。なるほど）

彩乃とかいう小娘は知っていたが、もう片方の小娘もそうだったとは。

（確かに〝大学〟にはそういう奴が集まってるんだな）

なるほど学者狐の言うとおりだ。まあ、だからといってこの象牙の塔を好きになることは決してないけれども。

（ならば……）

残された右目を細めて狐はにやりと笑った。

それにしても、と狐はふと考える。

那古野《なごや》（名古屋の旧表記）のあたりを縄張りにしてきた狐にとって、庄内川は自分の領地のようなものだ。昔はあの川はしょっちゅう氾濫していて、そのたびに田畑や家、ついでに人間も流されたりしていたものだ。

思い出してみれば昔――自分にまだ左眼と左前脚があった頃、泣きながら村の娘を土に埋めている連中がいた。あれは同胞《なかま》を生贄にしているのだと、小さな狐に説明してやったと記憶している。

なにしろその頃は、小さな狐があああも憎たらしくなるとは思わなかったので。

（あいつ、あの娘を……？）

＊

「――とまあ、現地に行ってみた限りではこんな感じでした」

榎本の研究室で、彩乃はこれまでの経緯を説明した。

あの後も奈月と一緒に聞き込みをしたが松井家以外にそうした故事に詳しそうな人物は見つけられず、件の宮司も他県出身の人物に代替わりしていた。あの覚え書きの傍証がまったく見つからない状態だ。

「調べ物もろくにできないなんざ、お前のその博士号はただの米粒か」

このご時世ではろくに就職に結びつかないので、博士号は足の裏にくっついたご飯粒のようだと揶揄される。その心は「取らないと気持ち悪いが、取ってもなんの役にも立たない」だ。

「証拠もないものを『ある』と言い張るのはただの捏造ですよね？」

「そう言って良いのは手を尽くすだけ尽くした後だ」

「そんなの、悪魔の証明じゃないですか！」

彩乃は喚いてから、自分で勝手に淹れた緑茶を一息に飲み干した。

「大森さんも頑張ってくれたんですけど……」

手伝ってもらった謝礼代わりに、指導教官の前で奈月を褒めちぎっておく。

「それにしても、しっかりしてますよね大森さん。私が学部のときは聞き取り調査ちゃんとできてた気がしませんし、今時の子はすごいなあ……あ、納屋がどうとか言い出したときはちょっとびっくりしましたけど」

「納屋？」

突然出てきた単語に榎本が眉をひそめた。

「松井さん……さっき話した自治会長の家ですけど、そこの納屋を妙に気にしてましたね。彼女の実家にも似たようなのがあったんですかね。なんか川っぽい臭いがするとかどうとか……」

矢継ぎ早に話しながら彩乃は手元のメモに目を落とす。

「………」

榎本からは特に相槌もない。

そのせいで彩乃は、彼の目が一瞬、金色に見開かれたのを見落とした。

「でも実際、尾張大が調査しても何も出てこなかったみたいですし……」

前回の調査が行われたのは終戦の数年後だから、明治生まれ、幕末生まれの人間もまだ探せば見つかっただろう。それでも調査結果が報告されていないというのは、成果がなかったと考えるのが自然だ。

「あの覚え書きが間違いで、人柱の女の子は本当はいなかったんじゃ？」

古文献にあるからといってその内容を丸ごと信じるわけにはいかない。筆者が嘘を書いた、あるいは誤認していた可能性はあるからだ。だから複数の物証をあたって整合性を検討するのが文献史学、いやすべての研究の基本だ。

まあ彩乃などはベースが民俗学なので、必ずしも文献のみを重視するわけではないけれども、こう何もヒントがないとさすがにお手上げだ。

だが、榎本は一瞬だけキーボードを叩く手を止めた。

「いや。あの川にはいた」

ごく当たり前の、いつもの「阿呆」とまったく同じ口調だった。

「いや、そりゃ資料にはありますけど、材料がひとつだけじゃ……」

言いかけたところで彩乃は黙る。このくらい榎本が承知していないはずがない。

論文は論拠となるデータや参考資料をすべて明示し、第三者がも検証可能にするのが大前提だ。「実は自分は誰も知らない歴史の真実を知っているが、それを証明する資料は誰にも見せない」などと都合の良い話は通用しない。彩乃があやかしを視ていながら論文に書きようがないのもこのせいだ。

（つまり、狐として見聞きしたものってことか）

けれども自身の記憶だけでは人柱の実在を第三者に証明できない。だから彩乃をこき使って物理的な証拠を集めようとしているわけだ。

でも、と彩乃はまたも首を傾げる。

十五歳で亡くなった娘には本当に申し訳ないが、人柱伝説は観光の目玉にできる類の物語ではない。むろんきちんと調査すれば研究実績にはなるが、榎本の専門分野というわけでもないし。

（五百年以上前に……お狐様は、いったい何を見たんだろうね？）

＊

河川敷で彩乃はしみじみ呟いた。

「シュリーマンって偉大だよね……」

「……トロイア遺跡を発見した人ですよね？」

奈月が怪訝な顔をしながらも応じてくれる。

十九世紀の考古学者シュリーマンは貿易事業をしながら独学で勉強、ギリシャ神話に登場する伝説の都市トロイアの実在を証明した。その功績には賛否両論あるけれども、「ある」と信じて突き進んだ情熱には感嘆するほかない。

「人柱を立てたなら、ここに祠か何かがある可能性は高い……んだけど」

人柱とはすなわち人間から神の一柱になった者である。日本各地の人柱の伝説が残る場所には神を祀る祠、あるいは慰霊碑が立てられていることが多い。

ましてやうら若い十五の娘を泣く泣く地中に埋めたのだ。村の人々は何かしらの形で供養は行っていたと思う。

「毎年供養をしていたとして、それが途絶えることはあるんでしょうか」

「そりゃあああるよ。むしろ、何百年も続いてるほうがすごいんだよ」

維新だの戦争といった社会的混乱に、祭祀を主宰する一族が絶えた場合、元となった出来事を知る者が誰もいなくなってしまった場合。人々が「……なんでこんなことしてたんだっけ？」と思ってしまったところで終わりだ。

「せめて、宮司さんとこにその記録があればなあ……」

当代の宮司に事情を説明したところ「古い日誌を探してみよう」とは言ってくれたが、それを待っていては市役所の期日を過ぎてしまう。

（となれば、自分で祠を探してみるしかないんだけど）

しかしもしあるとしても、数百年前の、忘れられて久しい祠だ。

それをこの石ころと雑草だらけの河川敷で探すなどと、シュリーマンほどではないにせよ無茶にもほどがある。

「……あそこの管理事務所に詳しい人いたりしないかなあ」

「どう見ても無人ですね」

外壁のペンキが劣化した小屋を眺めて、彩乃はがっくり肩を落とす。

「大森さん、ここまで付き合ってくれなくても良かったのに……」

「いえ、ここまで来たらあたしも気になるので」

つくづくいい子である。あの性根のねじ曲がったお狐様の教え子とは思えない。

彩乃はごそごそとリュックから古地図のコピーを取り出して、

「今の地図と照らし合わせても、橋の位置はほぼ動いてないのね」

「はい」

覚え書きにあった人柱を立てた村の名前も、松井氏が自治会長を務めるこの一帯の旧名だった。よって対岸に埋めたとは考えづらい。

「だから、このあたりなんだとは思うの。ただ、堤防の決壊しやすい箇所というのがさすがに絞り込めなくて……」

「……ですよねえ」

ため息をついてから彩乃はリュックを背負い直した。

うだうだと話していても仕方ない。とにかく改めて河川敷を歩いてみよう。

今日は探索になるとわかっていたので、彩乃はスニーカーにリュックという動きやすい格好である。奈月も同様、しかも山育ちだけあって石がごろごろしている河岸でも足取りは軽やかだ。

――異変は、二人が歩き出してまもなく起きた。

「あの、佐々木先生……なんか、また変な音がしませんか？」

「変な音？」

また、と言うが、これまで何かおかしなことはあっただろうか。いや、こんな河川敷を歩き回っているのは変だと言われればそれまでだが。

険しい顔の奈月と一緒に歩いて数分後、今度は彩乃にもはっきりわかった。


りぃいいいいい……ん。


「鈴の音……だよね？」

「あたしにもそんな感じに聞こえます」

足を止めて、二人で顔を見合わせる。

そう言えば以前に松井家を訪れたときにもこの音が遠くから聞こえた気がする。あのときは気のせい、あるいはすれ違った誰かのバッグにでも鈴が付いていたのかとあまり気にしていなかったが。

「どこからこの音してるんだろう、わりと遠くみたいだけど……」

「お寺の鐘ともちょっと違いますしねえ」

河川敷を見回してみるが、石ころや雑草やゴミだらけ、下手をすると錆び付いた自転車まで捨てられている場所をわざわざ歩いているのは二人だけだ。少し向こうに管理事務所に鈴を置いているとも思えない。

りりりり、りり…………。


「…………」

「…………」

彩乃は足元を見下ろす。

かつて十五歳の娘が白木の箱に入れられ埋められたのはどのあたりだったのだろう。今、自分たちが立っている場所の真下だったのかもしれない。一週間、足元の土の中から娘の鳴らす鈴の音が……

「大森さん……」

「佐々木先生、帰りませんか」

奈月は青ざめた顔で言った。

「地元の人に聞き込みするならまた手伝いますから。でも、ここ何か変です」

りりりりり……ん、りり……。

本音を言えば彩乃だって怖い。

人柱となった娘は何を思って鈴を鳴らしていただろう。最後に何を思って死んだだろう。いくら村の人たちのためと言われたところで、十五歳の娘はその運命に納得していただろうか。

「……ううう」

（幽霊、それとも人柱……）

以前の榎本の言葉を借りれば、幽霊とは猿の末裔のあやかしである。ほとんどのあやかしはただそこらをうろついているだけだ。榎本のように人間に化けたりおとら狐のように昔馴染みと喧嘩を始めるあやかしは実は少数派なのだと、それは彩乃にもなんとなくわかる。

ならば、かつてこの河岸で亡くなった娘はどうだったろう。

たまたまくじ引きで当たってしまったために、箱に入れられ地中に埋められ、七日間、暗闇に閉じ込められた末に亡くなったのだ。村の人たちや社会そのものを恨んでいても当然という気がする。

もしも、そういうあやかしになっているとしたら。

「……佐々木先生！」

「大森さんは先に帰ってて。家まで車で送ってあげられなくて悪いけど、私はもう少しこのあたりを調べていくよ」

しかし、彩乃はしがないポスドクであれ研究者なのだった。

「この近くにあることだけは間違いないんだし。祠は……郡上八幡城《ぐじょうはちまんじょう》（岐阜県）にあるのは観音様の祠だけど、ここも同じとは限らないけど……でも方向性としてはそっちだよな」

何かしらの痕跡を見つけるか、少なくとも〝無かった〟という成果だけは欲しい。そこを確定できればまた別の調査方法を考えることができる。

りり、りりりりり……ん、りりり……。

「佐々木先生。……この川のあたり、何か変な臭いがするんですよ」

「……変な臭い？」

彩乃は怪訝な顔をするが、訴えかけてくる奈月は真剣な表情だ。

「前に、あたしの実家の側にお墓があったって話をしたじゃないですか。あそこ、通るたびに変な臭いがして……でもあたし以外は普通だって言うし。それもあって嫌だったんですけど、お婆ちゃんだけは『わかる』って言ってくれて」

「……？」

「この間の、あの松井さんの家。あそこの納屋も似た臭いがしたんです。それで思わず聞いちゃったんですけど。……で、今ようやくわかったんですけど、この河川敷も似た感じの臭いがします」

奈月はぶるりと身体を震わせる。

脈略のない話だが、奈月が変な嘘をつく学生でないことは彩乃だって知っている。榎本のお眼鏡に適ったというお墨付きだ。

（臭い、って……）

墓地と川のあたり、水辺に共通するもの。

そこで、彩乃の視界を小さく赤いものが素早く横切っていった。

肌は赤黒く目も赤く、髪だけが黒い子供ほどの大きさのあやかし。魍魎だ。

（――そうだ、魍魎！）

魍魎とは怪異そのものの総称、水辺のあやかしの総称、そしてこの赤黒いあやかしもまた同じこの名で呼ばれる。

伝承によれば、この〝魍魎〟は水から生じ、凶者（行いの悪い者）の肝を好んで食べるという。墓場に現れて亡骸を奪おうとする習性から、火車と取り違えられている話もあるくらいだ。

奈月の実家近くの墓にもきっとこの魍魎はうろついていただろう。

そして水辺にもまた。

(大森さんってもしかして……)

榎本の説だが、あやかしがいると思えばあやかしは視える。要は距離感の問題なのだ。祖母から妖怪譚を聞かされて育った奈月は、都市部の人間に比べればあやかしに親しんでいたと言える。

ただ彩乃ほどはっきり認識できるわけではなく、なんとなくこの近くにいるという程度のようだ。それを彼女なりに解釈した結果が〝臭い〟なのだろう。

(……ちょっと待って、なら)

奈月は「納屋も似た臭いがした」と言った。

確かに松井邸はこの河川敷からさほど離れてはいないが、そうではなく、むしろ郷里の墓地に近しいのだとしたら。

「ねえ大森さん、その臭いっていうのはもしかしたらお化け……」

勢いよく後ろを振り返ったところで、しかし彩乃は呆然と立ち尽くす。

「大森さん……?」

(――神隠し)

とっさに浮かんだのはそんな言葉だった。

さっきまでそこにいたはずの、奈月の姿はすっかり消えてしまっていたのだ。

*

まさか今になってやって来るとは、と歯噛みした。

始まりは父母がまだ生きていた頃で、父母や宮司、そして偉い人があれこれ話しているのを横で見ていただけだった。偉い人に協力したということで父母はどこか誇らしげだったものだ。

ただ、その後は音沙汰もなくなり、父母ががっかりしていたのを覚えている。

けれども、それだけならば「そんなこともあったな」という程度の話だ。

しかしその後、一家は恐怖で腰を抜かすことになった。

（なにが大学の偉い先生だ、あの爺め！）

これではぺこぺこしていた父母が馬鹿みたいではないか。

しかも自分はそれから今に至るまでずっと、重荷を背負うことになっている。

（いまさら、どうしろって言うのか）

罪悪感はある。しかしいまさらあれを出したとして、周囲の家々はどんな目で自分たちを見るだろう。地域の顔役だと思っていたのにこの人でなし、などと言われては父母や先祖たちにも顔向けできない。

(これ以上、あいつらを近づけさせてはいけない)

今日来た連中は昔の話は知らないようだが、痛い腹を探られてはたまらない。

(なら、……どうしたらいい?)

*

「ちょっと、嘘でしょ……」

夕暮れの河川敷で彩乃は呆然と立ち尽くす。

こんな何もない場所でいきなり奈月が消えてしまうなんて。確かに雑草は腰の高さまで生い茂っているし河岸近くまで雑木林が迫っているけれども、見失うことはまずないはずなのだ。

(付き合い切れなくなって逃げた……ならむしろありがたいんだけど)

奈月はそんな性格でもないし、そもそも彩乃は「帰っていい」と言っていたわけで、敢えてホラーじみた真似をして逃亡する意味はないはずだ。

「警察に通報……でも、まだ事件とは限らないし……」

十分後に奈月が「トイレ行ってたんですけど先生どうしたんですか？」などとひょっこり現れたとしたら、大恥プラス榎本からの大説教だ。

（そうだ、先輩！）

震える指先でどうにかスマホにメッセージを打ち込む。

とにかく榎本に相談しよう。奈月はそもそも榎本研の学生であるし、あのお狐様ならこの状況でも役に立つ助言をくれるはずだ。

「……とにかく捜してみないと」

雑草を踏み潰しながら彩乃は駆け出す。

何かを探して河川敷を彷徨うのと同じだが、探し物がまるで変わってしまった。

河川敷は水辺には丸くつるつるした石ころが堆積しているが、少し高くなった堤防敷には腰まで雑草が生い茂っている。さらに向こうには雑木林。あの中に倒れているとしたら、それだけでも捜すのは一苦労だ。

「もしかして、魍魎……」

けれども魍魎は水辺をうろつき亡骸を奪うだけのあやかしだ。

あやかしは人間に悪さをするような気がするが、彼らは彼らの習性によって在るだけなのだ。それに、なんとなく臭いを嗅ぎ分けるだけの奈月が魍魎に誘導されるとも思えない。

ともかく、しばらく河川敷をうろついてみたが奈月はどこにも見当たらない。

（まさか、本当に神隠し……）

相手は人間でありながら神の一柱となった娘だ。そのくらいのことができても不思議ではない。

「先輩、早く返事くださいよ……！」

お狐様に祈るように呟いた、そのとき。


『————!!』


吠声がした。

文字には起こし難い、原初の獣の叫び声——としか形容のしようがない。夕暮れの河岸にいる動物など犬猫か鳥くらいのものだが、そのいずれとも似ても似つかぬ、喉を焼き切る大音声だ。

住宅地からは離れた河川敷とあって、聞こえたのは彩乃くらいのようだが、

（何、何かのあやかし⁉）

これまで読んだ本をいくつも思い出してみるが、声だけでは判断しようもない。いや、どの本にも載っていない、人間とは関わりを持たなかったあやかしがいても不思

議ではないのだ。

りりりりりりりん、りりいいいいいいん、りりりりり‼

またもや鈴の音がする。

地中に埋められた娘が鳴らしていた鈴と同じ音。だがこれまでは娘の悲哀を物語るように遠くから余韻をもって響いていたのが、今は全力で腕を振り回しているかのように聞こえる。

「ああああああああ、もう、次から次へと！」

わけがわからない。いっそ幽霊でも魍魎でもいいから目の前に出てきてほしい。

「こっちにだってお狐様がいるんだからね⁉」

八つ当たりのように喚いたとき、がさがさと雑草を踏み分ける足音がした。

「大森さん⁉」

奈月が戻ってきたのかと、彩乃は弾かれるような動きでそちらを振り返る。

だが眼前に現れたのは奈月ではなく、先日、一度だけ会った老女だ。

「松井さん……？」

「あんた、あんたの、あんたのとこの……」

彩乃が挨拶するなり怒り出して、家の奥に引っ込んでしまったお婆さんだ。

しかもその後ろからは中年の男性……その息子まで走ってくる。こちらも自分たちを歓迎している気配はなかったのに、今や顔をぐしゃぐしゃにして彩乃に助けを求めてきている。

「何があったんです……」

彩乃とて他人に構っている余裕はないのだが、反射的に応えてしまう。

「何があったじゃない、あんたの、あんたのとこの子が！」

お婆さんの声はかすれてほとんど聞き取ることができない。

どういうことだと彩乃が聞き返そうとしたとき、背後から〝彼女〟は現れた。

「――大森さん⁉　捜してたんだよ、どこ行って……」

お婆さんの声にならない悲鳴。彩乃もひゅっと続く言葉を飲み込んだ。

（……これは）

目の前にいるのは確かに大森奈月だ。のんびりした性格の、榎本研の四年生――のはずだ。

（違う。これは大森さんじゃない）

研究者にあるまじきことだが、理屈ではなく直感だ。

山育ちだと自虐めいて言ってはいたが、田舎の祖母に厳しく躾けられたのだろう、いつも背筋をぴんと伸ばして歩いていた。背を丸くして……あまつさえ、四つ足の動物のように歩く姿など見たこともない。

彩乃たちが見つめる前で、奈月は大きく口を開く。

「ちょっと、あんた、これはあんたが連れてきた子だろ⁉　何が……」

『――――…………――――‼』

叫声。

喉を焼き切るような大音声で、人とも獣ともつかない声で奈月は叫ぶ。

これはもはや奈月でも、人間ですらない。外見は確かに奈月だが別のものだ。

四肢を地面にべったりつけて、奈月がぎょろりとこちらを見る。

右眼は目玉が飛び出さんばかりにぎょろりと見開かれている。対して左眼は神経が麻痺したかのように不自然な形で閉じられている。

ひとつだけの目玉が一瞬、金色に光ったようだった。

(先輩と同じ、狐の――――あ‼)

何かに取り憑かれたかのように豹変し、身体に狐との共通項が生じる。

この現象を示す言葉に幸か不幸か彩乃は縁があった。

(狐憑き‼)

そして自分を邪魔する可能性のある狐にも覚えがある。長篠の戦いによって左眼と左前脚を失った狐のあやかし、おとら狐だ。

奈月――いや、おとら狐はにやりと笑って彩乃を見上げる。

その醜悪な表情の変化に耐えられず、彩乃は何も言えずに一歩後ずさる。

口承に語られる狐憑きの祓い方は、修行を積んだ修験者や僧に祈祷してもらうというものだ。しかし彩乃はそのどれでもないし、ここに奈月を置いて宮司を呼んでくるのは不安過ぎる。

(あのキーホルダーはもうないし……)

先日の幽霊騒動でお狐様撃退アイテムをずっと持ち歩いていたことが榎本にバレてしまったので、今は犬グッズは持っていない。なにしろ、おとら狐を追い払った後にそれはそれは嫌そうな顔で睨まれたので。

なによりおとら狐がわざわざ奈月に憑いたのは、その身体を人質にするためだ。よほど人間に不意打ちを食らったのが腹立たしかったようだが、まさかこんな乱暴な形で対抗されるとは。

(ああもう何やってるんですか先輩、あなたの教え子が危機に陥ってますよ！)

そして。

待っていた声は、ようやく聞こえた。

「――お前は何やってるんだ」

「先輩……？」

榎本だ。

寝袋生活なのに余計な皺ひとつなくスーツを着こなし、色素の薄い髪は夕陽を透かして茶色に輝き、大学の頃からまるで変わらぬ若々しい貌。

ただ、今は少しだけ息が上がっている。河川敷に車を停めて走ってきたようだ。

榎本はちらりと腰を抜かしている松井家の老親子を眺めて、

「……案の定か」

「ちょっと、案の定ってどういう意味です？」

先日の調査結果は簡単に伝えてあるが、榎本は松井家の顔を知らないはずだ。いかなお狐様とて見聞きしていないことまで把握できるわけもないのだが。

「あんたは……」

「春日大の准教授で、そこの阿呆の上司です。このたびはお騒がせいたしました」

乱入者に混乱する松井氏に、榎本は惚れ惚れするような仕草で頭を下げる。

それからぎろりと彩乃を睨んで、

「お前はろくに調査もできないのか」

「そんなこと言ってる場合ですか、大森さんは先輩のとこの子でしょう⁉」

八つ当たりのように叫ぶと榎本はわずかに顔をしかめた。言われるまでもない、といったところか。

「人間のことは人間が……本来はそうあるべきだが」

　榎本はひとつため息をついてから、ざくざくと雑草を踏んで、奈月に憑いたおとら狐の前に立ちはだかる。

「なら、あやかしのことはあやかしがやるしかないか。くそ、今日中に事務に提出しないといけない書類が三つもあるっていうのに！」

　ぶつぶつ呟いている。タイミングからして彩乃から連絡を受けてすぐ大学から飛び出してきたようだが、相変わらず学科長に雑務が集中しているようだ。

『――テメェ』

　奈月、もといおとら狐の顔がぐしゃりと憎悪に歪んだ。

　声も確かに奈月なのに、ぐるるると喉の奥で唸るような話し方だ。獣が強引に人間の身体を奪うとこんな発声になるらしい。

「あ、あの、大森さん大丈夫なんで……」

「さっさと身体から叩き出せばそれまでだ。せいぜい体力を奪われるくらいだな」

　榎本は断言する。さすがお狐様、狐のことはよくご存知だ。

（……先輩も、昔に誰かに憑いたことがあるのかな）

「おおかた、大森があやかしに敏いから使うことにしたんだろうが……」

彩乃の見つめる前で榎本は小さくため息をついて、

「毎度毎度、僕の仕事を増やしやがって。僕のストーカーか、お前は」

『なんだそりゃ』

すっかり一般化した外来語ではあるが、戦国時代以前から在る狐のあやかしには通じなかったようである。

「それにしても、お前がこれほど馬鹿とは思わなかった。嫌がらせしたいならタイミングくらい考えろ。よりにもよってそこの阿呆に手を貸してしまうとはな」

「それは手を貸したとは、普通言わないのでは……」

横でぼそりと呟く。確かに奈月を探していたら向こうから出てきてくれたが、姿を消したそもそもの原因はおとら狐ではないか。

榎本はこちらを振り返らぬまま、表情がありありと想像できる呆れ声で、

「調査中に妙な鈴の音が聞こえたと、仕事中に長々と泣き言を寄越したのはお前だろうが。そこに落ちているのはなんだ、お前の目は節穴か?」

彩乃は目を瞬かせて、雑草がぼうぼうと生えた河川敷を見回す。

榎本と、彼を四つ足で睨んでいる奈月《おとら狐》。少し離れたところで、何が起こっているのかもわからず腰を抜かしたままの松井親子。その足元には、

「――鈴?」

きらきらと金色に輝く、葡萄の房のようなものがある。

文字通り鈴なりにいくつも小さな鈴をつけた、仏事や神楽で使うタイプだ。日常生活であまり目にするものではないし、たまたま落ちているような代物でもないだろう。そもそも遠目にも鈴は綺麗で、河川敷にずっと放置されていたようには見えない。

とすればつい最近、誰かがここに持ち込んだことになる。

「……………あ」

松井のお婆さんが気まずそうな顔をした。

彩乃が持ち込んだものではないし、奈月も持ってはいなかった。榎本は言うまでもなく、ならば松井親子しか考えられない。

「おおかた、そこの阿呆とうちの学生をちょっと脅して追い払うくらいのつもりだったんでしょう。それはもう脅し甲斐がある奴ですし」

「悪かったですね⁉」

言われてみれば、松井家を訪問した後から鈴の音は聞こえた。

人柱となった娘の幽霊かと怯えていたが、ただ単に、彼らが彩乃たちの後を尾けながら鈴をちりちり鳴らしていたのだろう。鈴はそう大きくないから隠し持ちながら歩くにもそう苦労はない。

「でも、なんでまたそんな奇妙な真似を……」

「お前が言っていたんだろうが。大森が、納屋を見て変な顔をしてたと」

「そりゃ言いましたけど」

奈月は、松井家の納屋は墓地と似たような臭いがすると言っていた。

魍魎は亡骸を奪うあやかしだ。だとするならばあの納屋にもまた亡骸があって、魍魎はそれを狙っている可能性がある。

誰が納屋に亡骸を隠したのか――普通に考えれば松井家の人々である。

「あなたがたは驚いたのでしょうね。いきなりやってきた大学の連中が、納屋には何があるのかと言い出したんですから」

実際は奈月はそこまで把握していたわけではないのだけれども、松井家は肝が冷えるどころではなかったことは想像できる。

「しらばっくれてはみたものの、諦めの悪いこいつらはまたこの河川敷にやってきた。記録を真似して鈴で脅かしてみても帰らない。あまつさえ……おそらく、大森が『納屋と墓地は似たような臭いがする』というようなことを言ったんじゃないですか」

彩乃が調査を続行せざるを得なかったのは榎本のせいなのだが、ともあれ、それ以外は彼の言う通りだ。

「驚いてとっさに大森を人目がつかないところに引き込んでしまった。さらに脅すっもりだったのか、それとも泣き落として説得するつもりだったのか、それは後で大森本人に聞けばわかりますがね」

（……そうやって脅そうとしたら、おとら狐が大森さんに憑いてしまったと）

松井親子は秘密を暴かれる恐怖から脅迫に走ったが、基本的にはごく普通の人間である。それが本当の狐憑きなどを目の当たりにしてしまったのだから、いっそ心臓が止まらなかっただけマシに思えてくる。

松井親子はあたふたと奈月から逃げ出し――あとは彩乃も知る通りの流れだ。

『テメェ……』

「僕もそこの阿呆も、別に何もやってないぞ。取り憑いたのはお前の勝手だ」

タイミングが悪すぎたおとら狐には同情するが、残念ながら榎本の言う通りだ。

「……………」

榎本と奈月《おとら狐》の傍目にはわけがわからないであろうやりとりを、松井親子はがたがたと震えながら見つめている。

（この人たちが、納屋に死体を隠してた……？）

けれども、魍魎の示す通り納屋に亡骸があるにしても、日本の警察は優秀でこと凶悪事件に限っては九割以上の検挙率を誇っている。そんな状況下で遺体を隠し続けるのはかなり難しいはずだ。

（もし殺人を隠したいなら、鈴で追い払おうなんて考えないだろうし……）

鈴を鳴らしてのんきにホラーめいた演出をしている場合ではない。弱みを握って口止めするか、もっと直接的な手段で口封じしようとするだろう。

松井親子が小心であったにせよ、納屋の亡骸は「できれば隠しておきたいが、露見しても破滅というほどではない」程度の微妙な存在なのではないか。だがそんな都合の良い死体などはたしてあるのだろうか。

「……ん？」

そこで、彩乃は目を瞬かせた。

思い出したのは、以前に尾張大学の教授もここで調査を行っていたことだ。

酒屋で聞いた話、そして松井のお婆さんが〝大学〟という言葉に激しく反応したことからして、松井家は前回の調査に関わったのだろう。そして、彼らが隠し持つ死体。

「もしかして〝アイヌの遺骨〟？」

彩乃がとっさに連想した言葉の、意味を即座に理解したのは榎本だけだろう。

研究者、特に民俗学や文化人類学者はよく知る話だが、世間的にはそう有名な事件ではない。松井親子、奈月もおそらく聞いたことはないのではないか。

「………………」

全員が黙り込んでしまった河川敷を、ざあっと風が吹き抜ける。

もう六月とは言え夕暮れ、それも水辺の風は少し冷える。彩乃は反射的に身体を震わせ、透き通る髪を千々に乱した榎本を見上げた。

榎本はおとら狐も松井親子も、彩乃も見てはいなかった。

飴色の目は川とその向こうの橋を映している。そうだ、榎本が庄内川の人柱の伝承を知っているならば、以前に――ずっとずっと昔、この川縁に来たことがある可能性が高いのだ。

『…………』

奈月、もといおとら狐の顔から漂白したかのように敵意の色が抜けていく。

それは一瞬、榎本が浮かべた表情のせいだったのだと思う。――昔のことを、泣き笑いのように思い出している。

『そうか、テメェはあの娘を捜してたのか』

「別に、必ず見つかると思ってたわけじゃない。……ただ姿が見えなくなっていたから、消えたのか軛《くびき》から逃れたのかは気になっていたが」

その会話の意味はあやかしならぬ彩乃にはわからない。

ただ、この二匹は昔馴染みなのだと肌でようやく理解できたような気はした。

ぼそりとおとら狐が呟く。

『……昔と比べて、ずいぶん同胞が減ったよな』

それが近代科学の発展のせいなのか、別の理由があるのかは人間の彩乃にもわからないが。ただ寂しいことなのだとは思う。

『俺はてっきり、テメェがもう人間になっちまうんじゃないかと思ってた』

「…………」

榎本がいつから人間に紛れているのかは知らないが、立ち振る舞いの自然さからしてつい最近というわけでもないだろう。少なくとも〝榎本智〟という人間に化けてからもずいぶん時間が経つはずであるし。

それはおとら狐には、狐が狐でなくなりつつあるように見えたわけか。

嘆息して榎本は言った。

「馬鹿を言え。僕は狐だ」

その一言に、脇で呆然と話を聞いていた松井親子がぎょっとした顔をしている。頭の切れそうなイケメンがいきなり支離滅裂なことを言い出したとしか見えないだろうが、自分たちのホラー演出の続きだと思って諦めてほしい。

「〝大学〟にいるのも、僕がやりたいことがあるだけだ。――ああ、狐として、人間に一泡吹かせてやるためにな」

そう語る榎本の顔は、彩乃には見慣れたものだった。「阿呆」と言いながら大量の雑務を押し付けてくるときのアレである。

その雰囲気はおとら狐にも通じたようだ。奈月の顔でにやりと笑って、

「——ちょっ、大森さん、大丈夫!?」

白い狐は煙のように一瞬で消え、くたっと地面に倒れた奈月を慌てて支える。気を失っているのか声をかけても返事はないが、榎本の言っていた通り呼吸は安定して血色なども悪くない。この後病院で検査してもらう必要はあるだろうが、ひとまず安堵して良さそうだ。

「良かっ……」

「大森は僕の車で乗せて行く。お前のボロい軽じゃ病人の身体に悪いからな」

「悪かったですね！」

中古の軽でも貧乏ポスドクが維持するのは大変なのだ。なお榎本は准教授の給料を使う暇もろくにないためかそこそこ良い車に乗っている。

「…………」

「それと後日、あなたがたにも改めてお話を伺いたいのですが」

改めて声をかけられて、松井親子はびくびくと榎本を見上げている。

「わ……私は何もしてない、その子がいきなりわけのわからないことを……」

「では、実習中の学生がいきなり行方不明になったうえに気を失った状態で発見されたと今から警察と病院に知らせてきます。そのうちあなたがたにも、目撃者として警

察から証言の依頼があるでしょうね」

（……うわあ）

榎本の嫌味は聞き慣れているが、横で改めて聞いてみると心が痛い。

奈月を抱き抱えたまま、彩乃は心の中だけで呟く。

（こんなお狐様でも、女の子を探したいなんてあるもんなんだだなあ）

＊

病院での検査の結果、奈月は健康に問題はないと判断された。

彼女の話によれば、松井のお婆さんに後ろから声をかけられて強引に管理事務所の陰に連れて行かれたらしい。お婆さんがあまりに必死の表情をしているので、つい気圧されて頷いてしまったとのことだった。

「お婆さんに、頼むから納屋にあるものは黙っていてくれ、そうでないと破滅だ、なんて言われたんですけど、あたしにはなんのことだかさっぱりで……」

奈月が嗅ぎ分けたのはあくまで魍魎の気配でしかなかったのだが、お婆さんにその説明が通じるわけもない。話が噛み合わないまま言い合っている途中、突然、意識が遠のいたのだという。

そして数日後、彩乃は奈月、そして榎本と改めて松井家を訪れた。

お婆さんは今度は怒鳴り散らすことはなかったものの、当然ながらひどく気まずい顔だった。後ろから現れた松井氏はげっそりと疲れた様子で、数日で一気に老けてしまったようにすら見える。

「あの、……こんにちは」

それでも奈月を見たときには少しほっとした顔だった。

もともとは小心な人たちなのだ。おとら狐の襲来は彼らのせいではないが、罪悪感はあったに違いない。

納屋に案内される途中、彩乃の視界を赤黒いものが素早く通りすぎた。

（……やっぱり魍魎がいる）

以前に松井氏が言っていた通り納屋には農機具から工具まで雑然と放り投げられていた。家具の解体からちょっとした電化製品の修理まで、できる限りは自分の手でやっているようだ。

そしてその奥、普段使わないものをしまい込んでいるらしい奥の棚から、松井氏は埃まみれの段ボールを抱えて戻ってくる。

その蓋には変色した『尾張大学』のラベルが見えた。

（やっぱり、この家にも調査に来てたんだ）

　松井家は代々このあたりの顔役だ。尾張大学の教授もまず松井家に協力を求めただろうし、当時は特にわだかまりもなかっただろうから、松井家は快く大学の調査に協力したのだと思う。

　けれども研究は頓挫、その後、大学は借用した資料を元の持ち主に返却した。

（ただ借りたものを返すだけなら良かったけど、発掘したものは……）

「失礼」

　躊躇する松井氏の代わりに榎本がさっさと段ボールを開けてしまった。

　ぶわっと埃が舞い上がる。段ボールに投げ込むようにしまわれていたのは、

「ひっ……」

　呻いて、思わず後ずさったのは奈月だ。

（ああ……やっぱり、女の子の骨だ）

　段ボールからは頭蓋骨が顔を覗かせていた。

　人間一人ぶんの骨がすべて揃っているわけではないようだ。とは言えずっと——五百年近く河川敷に埋まっていたなら、頭蓋骨の形が残っているだけでも保存状態が良かったと言うべきだろう。

「戦後……もう七十年近く前になりますが、当時、既に尾張大のチームは遺骨を発掘してたんですね」

榎本にお婆さんが険しい顔で頷いた。

松井家でも代を経るうちに人柱の話は失われており、尾張大に教えられて初めて地域の歴史を知ったという。ただ昔語は知らずとも一家は地元の地理に詳しいので、当時の宮司と一緒に堤防や橋の調査に協力したそうだ。

「私はまだ子供でしたがね。ただ、偉そうな人が何度も家を出入りしていたのは覚えておりますよ」

人柱の伝承は各地にあるが、遺骨まではっきり見つかるケースは少ない。

伝承が必ずしも事実であるわけでもないし、そもそも何百年も骨が残っているとも限らない。骨の鑑定と文献との整合性をクリアできたなら、研究成果としてじゅうぶん誇れるものになったはずだ。

教授は喜び勇んで遺骨を尾張大学に持ち帰った。

「でも、その研究は頓挫した……と」

今となってはその理由まではわからない。その教授が別件で手一杯になったのかもしれないし、戦後の混乱がまだ残って時期だから研究どころではなくなってしまったのかもしれない。

遺骨は鑑定に回ることも改めて葬られることもなく、膨大な資料に埋もれて忘れ去られ……十年、二十年と過ぎて、その教授は定年直前に急死した。

「それ、酷くないですか？　ずっとお骨をそのままにしてたんですか⁉」

「ほんとに酷い話だけど、他にもそういったケースはあったんだよ」

たとえば一九九五年に北海道大学の資料庫から、やはり段ボールに入ったままの遺骨が発見されたことがある。調査の結果、その骨は昭和期にアイヌの墓から盗掘されたものであると判明した。

「なんで骨を……？」

「研究のため、としか言いようがないね」

世界各地に居住する民族の共通項と差異をそれぞれ調べることで人類のなんたるかを探ろうとする学問分野がある。もともとは大航海時代以降のヨーロッパで、新大陸に渡った西洋人によって始められたものだ。

彼らに倣って明治以降の日本人も北海道のアイヌの研究を始めた。ただしそれは遺族に無断で墓を盗掘したうえ、頭蓋骨以外の四肢の骨をごちゃまぜにするといった屈辱的な扱いをするものであったが。

「もちろん、今はちゃんと改めて供養が行われてるはずだけど」

なおも納得いかない顔の教え子を榎本はちらりと眺めてから、

「北大の事例はともかく、尾張大は松井家に遺骨を返却したわけですか」

「こんなものは返却とは言わん、ただ後ろ暗いものを押し付けただけだ！」

松井氏が吐き捨てるように呟いた。

とうの昔に時効を迎えた――と言って良いものかもわからないが――遺骨の法的な扱いは彩乃にはわからないが、埋葬し直すには最低でも自治体あたりへの連絡が必要になるだろう。長らく放置していたこともあるし、手続きが難航することは彩乃にも想像できる。

教授が急死したのち尾張大の事務、大学に残っていた弟子、遺族などがその雑務を押し付けあった挙句……結局、彼らは松井家に遺骨の返却と称してそのあたりを丸投げしたわけだ。

（ただの埋蔵品じゃなくて、昔に生きていた人のお骨なのにね）

彩乃は内心でため息をつく。

「でも、それでもお骨が戻ってきたならちゃんと……」

「村のために死んだ娘がこんなことになったと、他の奴らに言えるか?」

奈月は松井氏が吐き捨てるのに思わず口をつぐんだ。

遺骨は、この地域の人々を守るために人柱となった娘のものなのだ。だが結果的に松井家の人々は静かに眠っていた娘の遺骨を掘り返し、あまつさえ埃まみれにするような扱いを許容してしまったことになる。

顔役の松井家は、周囲の家から冷たい目で見られることが耐えられなかった。

「でも、だからって結局同じことを……」

そうなのだ。松井家でも結局、遺骨が返ってきたことを周囲には伏せたまま、こうして納屋の奥に押し込んで見て見ぬふりをした。それは尾張大学の教授、そして弟子たちとなんら変わることはない。

（でも結局、何も知らない私たちが来てしまった、と）

榎本は市役所からの仕事を割り振られたが、これも松井家には運が悪かった。依頼者が研究者であれば〝大学ごとの担当〟を気にして尾張大学に話を持ち込んだだろうし、そうであれば遺骨の返却を覚えている人間もいたかもしれない。しかし外野の市役所がそんな事情を知るわけもない。

そして無遠慮なお狐様にすべて暴かれてしまったわけだ。

「……忘れてたわけじゃない」

ぼそりとお婆さんは言った。

「ずっと、いつもどこかで鈴が鳴ってたんだ。いつ仏さまが私たちに罰を下すかと、そんなことばっかり考えてた……！」

それが松井家の後ろめたさが見せた幻なのか、魍魎——恐怖の隙間から得体の知れないあやかしを垣間見てしまったのかはわからないが。鈴を鳴らして彩乃たちを追い払うとはずいぶんのんきな手段だと思ったが、松井親子としてはいちばん恐ろしいものを用いただけなのかもしれない。

「…………」

榎本はじっと頭蓋骨を見つめていたが、やがてそっとそれを持ち上げた。

「……ここにいたのか。可哀想に」

呟く。

お婆さんが泣きそうにくしゃりと顔を歪め、松井氏もどこか脱力した顔をする。それはおそらくずっと彼らが思っていたのに、口にできなかった一言だった。

「この遺骨ですが、僕たちがお預かりしてもよろしいですか」

榎本が尋ねると、松井親子は不審げな顔を見合わせた。

放射性炭素年代測定を用いれば白骨の年代はおおよそ特定することができる。まずはそれらの鑑定をきちんとクリアさせたうえで、

「道の駅に掲示されるパネルでは、市の歴史として庄内川の人柱についても触れるつもりです。その際、史跡として整備するように僕から市の教育委員会にも進言しておきます」

街おこしと言うべきか、最近は土地の名物を積極的に外部に発信するので、うまくいけば供養の碑と来歴を記した看板くらいは立つだろう。そうなれば遺骨もきちんと葬り直すことができる。

それが村のために若くして亡くなり、長らく忘れ去られていた娘の供養に、少しでもなるであろうと祈りたい。

「……そうか」

お婆さんにも深く深くため息をつく。

きっと彼らはもう魍魎に惑わされることはないだろう。

＊

「そう言えば先輩、あの女の子とどういう話をしてたんですか？」

唐突に彩乃は尋ねた。

市役所から請けた仕事を無事に終えて、しばらく経った頃のことである。

道の駅のリニューアルオープンの日取りも決まり、奈月をはじめ榎本研の学生たちは「みんなで展示を見に行こう」と計画している。自分たちが関わったものが形になるのはやはり嬉しいようだ。

「なんのことだ」

「大森さんにおとら狐が憑いたときのことなんですけど、大森さん、憑かれている間もぼんやりと意識はあったらしいですね。先輩がさんざん嫌味言ってたのもちゃんと聞いてたらしいですよ」

　さすがに自分が狐に憑かれていたと聞いたときには唖然としていたが。

　とは言え、迷信深い祖母に育てられたせいか事情を飲み込むのはわりと早かった。苦笑いしながら「誰にも言えませんけどね、というか信じてもらえませんし」と言うのに彩乃も心から同意したものである。

　それはさておき、奈月はこんなことも言っていた。

「憑かれてる最中に妙な光景をいくつか見たそうです。庄内川みたいだけど今とはまったく様子が違って、材木でできた橋が架かってて……」

　おそらくそれはおとら狐が思い浮かべた、記憶の一部ではないかと思う。

「川の……水面に立っている女の子と、小さな狐がいたそうです。女の子が狐になんだか楽しそうに話しかけてて、ドラマみたいだったと言ってました」

　おとら狐の記憶――視界なのだから、その小さな狐はおとら狐ではあり得ない。

　そして榎本は人柱となった娘を実際に知っているはずだ。

「…………」

「そもそも幽霊って本当にいるんですね。そりゃ猿の末裔のあやかしもいるだろと言われればそれまでですけど、この間小火が起きたときは結局、学生さんの幽霊はいませんでしたし」

彩乃の言葉に榎本は心底嫌そうな顔でため息をついてから、

「人柱は人間の魂が城壁や堤防を補強すると信じて立てるものだ。その通りになるなら、死者の魂はずっとその場に留まっているだろうさ」

「……言われてみれば」

修験者が祈祷で狐を祓えること然り、昔の人々は体系化された知識ではなくともあやかしへの干渉の仕方を知っていた。経文を唱え、箱の中で鈴を鳴らし続ける人柱の儀式にも、そのような効果が含まれていたのではないか。

「ただし僕が最初に見たのは、あの娘の幽霊じゃない」

そもそも榎本は、河川敷に白木の箱が埋められるのを見ていたそうだ。

「娘は泣いていたし、それを埋める男たちも泣いていたのが異様だったな。娘を死なせるのが嫌なら止めればいいのに、定めがどうとか言って。あれは生贄なんだと、あいつに説明された覚えがある」

「あの狐も一緒にいたんですか⁉」

とは言え伝承によればおとら狐は長篠の戦いで左眼と左前脚を失ったあやかしだ。長篠は現在の愛知県新城市《しんじょう》にあたるから、どちらにせよ愛知県内である。

伝承通り、土の中から娘が鳴らす鈴の音は一週間で途絶えた。

「あいつは、馬鹿な人間のやることだとしか言わなかったけどな」

けれども榎本は――まだ幼かった狐は哀れな人間の娘のことが気になった。

無駄なことだとは思いつつ、もう一度、川を訪れてみたのだという。

「――そうしたら、あの娘が川の真ん中に立っていた」

むろん、もはや娘は人間ではなかった。

「本当に、人柱に……？」

「本物の神なら知らないが、たかがあやかしにそんな力はないな」

人間を強制的にあやかしに仕立て上げたところで大自然に対して何ができるわけもない。覚え書きによれば人柱を立ててから水害が減ったというが、それは治水工事とただの偶然の産物だ。

結局、娘は死してなお魂を川に縛り付けられただけだった。

それを知っていた狐は、せめてもと思って娘の話を聞いてやったそうだ。

「たいして面白い話もなかったがな」

「なんでここでそういうこと言うんですか。せっかく感動的な話してたのに」

たかだか十五歳の、生まれた村から一度も出たことのないような娘である。生前の思い出話もほとんどは他愛のないもので、それだけに哀れだった。

「ただ、何度か『学問というものをしてみたかった』と言っていたな」

近くの村の和尚は武家の生まれで仏さまの教えのほかに四書五経にも明るく、近隣の百姓の子にもたまに文字や『論語』の一節を教えてくれたという。ただし教えを受けられるのは男子だけで、女ははなから問題外だ。

「それが悔しかったんだとさ」

扉の外で『論語』を聞き覚えて誦じてみせたら、父親にひどく叱られた。以降、盗み聞きもできないまま人柱として埋められてしまったのだと。

「もしかして、先輩……」

「なんだ」

「……いえ」

珍しく彩乃は質問を引っ込めた。

(狐のあやかしがなんで人間の勉強をしてるんだろうと思ってたけど……)

「別に、僕はあの娘の代わりをしているわけじゃない。それほど言うなら試しにやってみてもいいと思っただけだ」

長い長い年月を過ごすうち、狐は娘のことをすっかり忘れていたそうだ。

だがしばらく人間に化けて研究者をやっていたら、偶然この地方への赴任が決まった。昔のことを思い出して、春日大学に着任してすぐ榎本はあの河川敷に行ってみたのだという。

「そうしたら、あの娘はもういなかった」

「それは遺骨が発掘されてしまったから……？」

「さあな」

人間のような定命ではないにせよ、あやかしとて消えることはままある。消滅してしまったのか、それともなんらかの理由で人柱の軛から外れて自由になったのか。後者であればいいと思いつつも榎本には幽霊の足跡を追う術はないし、特にそうするつもりもなかった。

「……ずいぶんドライですね」

「人間どもを真似て言うなら、これでもずいぶん長く生きているからな。どいつが消えたといちいち気にしていたらきりがない」

ただ、折を見て庄内川の人柱の記録が残っているのか調べてみたらしい。

結果はたいして資料的価値もない覚え書きに記述が一箇所、調査を途中で放り出した形跡が一件。これにはがっかりした。

「生き延びるために同胞を殺しておきながら、その恩すらも忘れるとはどういうことだ、愚癡《ぐち》（愚か者）どもめ！」

榎本が腹立たしげに片方の眉だけ跳ね上げた。

（そこに、郷土史のパネルの作成依頼なんてものが来たと）

話によれば市役所から大学に持ち込まれた依頼が榎本研に回ってきたとのことだが、

実際は榎本から各所に手を回して仕事を取ったのかもしれない。調査にしても博士《ドクター》……同種の専門家の彩乃にやらせていたし、必要な資料は提供してくれたし、いざとなれば自分が出るつもりもあったのではないか。

「せめて、女の子の存在をなかったことにしないように……ですか」

「………………」

まあ、その結果として娘の骨が発見されたわけだが、さしもの榎本も当初はここまで想定してはいなかったようだ。奈月と納屋の〝臭い〟の話をしたときに驚いていたような気がする。

榎本は珍しく文机に頬杖をついて、

「今回の件でしみじみ思った。人間のろくでもない事案は人間にやらせるに限る」

「面倒くさい話に限って私を放り込むのやめてもらえませんかねえ⁉」

彩乃は思わず喚く。

「………………」

今度は、彩乃が小さくため息をついてから、

「ところで、先輩」

「なんだ」

「その女の子の真似をして学問をやって、良かったと思ったことあります？」

榎本が学問を始めたきっかけは人柱の娘であるにせよ、彼は今なお人間に紛れて研究を続けている。それこそ、そのせいで同胞のおとら狐と諍いになっていたくらいだ。

「人間に『お前はそんなことも知らないのか』と言ってやるのは気分がいいぞ」

「さようですか」

そうだ、こういうお狐様だったと彩乃は内心で頭を抱える。

「それと――人間の真似事なのは業腹だが、その前よりは面白くなった」

その薄い唇にかすかな笑みが浮かんでいるように見えて、彩乃は目を丸くした。

榎本の笑顔を見たことがないわけではない……と言うより、彩乃以外にはお狐様はそれはそれは愛想が良い。けれども彩乃からすればいつも薄っぺらく、こんな心からの……そんなふうに見える笑みは初めてだ。

「……面白い、ですか」

「その意味ではあの娘に感謝すべきなんだろうな。お陰で退屈していない」

まあその代わり、面倒きわまりない大学業務ももれなく付いてきているのだが。

後輩の彩乃から見ても榎本は優秀だ。院生時代から偉い先生がたからの覚えもよく、博士課程修了後すぐに専任講師のポストを得て赴任していった。むろん「昔に見聞きしたものを論文にできる」という特大のアドバンテージがあるわけだが、それだけではない。

彼が今の地位に至らしめたものは結局、それに尽きるのだろう。

（面白い――か）

研究が。まだ世界の誰も知らないことを、自分が最初に発見することが。

（……私だって）

＊

ところでこの話にはもうひとつ余談がある。

人道の駅に展示パネルができ、河川敷に教育委員会が碑を立て、市の公式サイトで人柱伝説が紹介されるようになってしばらく経った頃のことである。

榎本はいつも通りにノートパソコンと資料を抱えて廊下を歩いていた。

「あ、榎本先生、こんにちはー」

「こんにちは。……ところで課題の提出は今週の金曜までだけど、進捗は？」

「もう、言わないでくださいよそういうことは！」

人文学部には女子が多いので榎本はよく話しかけられる。それを男子どもが諦め切った顔で遠目に眺めていた。

「…………」

その遠い目の男子の後ろを、小鬼がとことこ通り過ぎていく。

学者狐《じぶん》以外にも大学の構内にはあやかしがうようよしている。小鬼の向こうにもう一匹いるようだと榎本はふと目を凝らそうとして、

（……え？）

「榎本先生？」

「……、ああ、次の授業に遅れないようにね」

いつも通りに愛想よく笑ってから榎本も廊下を急ぐ。どうも、それと自分の目的地は同じ教室のようだ。

（まさか……）

後ろ姿はごく普通の人間の娘だ。

小柄で、長く伸ばした黒髪を後ろでひとつに束ねている。腕はすれ違う学生たちと比べて痩せているが、五百年前の僻地の農村の娘と栄養状態の良い現代の若者を比べても仕方がない。

娘の昔のままの小袖と自分の現代風のスーツを見比べて、榎本はひどく複雑な顔になった。

「……そういうことか」

遺骨が掘り出されたことにより、幽霊は人柱の軛《くびき》から解き放たれた。

自由に動き回れるようになってから、彼女なりに幽霊ライフを満喫していたらしい。

――たとえば生前にやってみたかったこと、あちこちの学校や大学に勝手に忍び込んで授業を受けてみたりだとか。

「………」

榎本は大きく息を吐いて、大股で教室へと足を踏み入れた。

教壇に立って学生たちを一瞥する。ノートをきちんと準備してこちらを見つめている者、まだスマホをいじっている者、椅子の上でだらしない姿勢でいる者。どうでもいいが早弁や密談は教壇からだと丸見えなので、いちいち注意するのも面倒なのでやめてほしいものだ。

そして――学生の誰も気づいてはいないが、しれっと着席している娘の幽霊。

（……また会うことがあったなら、学問の話をしてやってもいいと思った）

まさか、こんな形になるとは思わなかったけれども。

まあいい。とりあえず仕事をしよう。

チョークを取ってすうっと息を吸い、

「それでは、授業を始めます――」

天邪鬼の話

研究者にとって最大の禁忌とは何か。

世の中の役に立たないことか。だが、どの研究がいつなんの役に立つのかなど誰にもわからない。たとえば数学分野において、複素数平面は提唱者のガウスが生きているうちは見向きもされなかったが、現在は電気回路の設計になくてはならないものとなっている。

むろん研究者は世の人々のためになればと願ってはいるが、ノーベル賞を受賞した利《と》根《ね》川《がわ》進《すすむ》ですら『頭がよければわかるってもんじゃない。結局、運とセンスだろうね』と言い切っている。いかなる時代、どの分野であっても研究は博打的要素を含むのだ。

だとするならば、研究者の矜持はただひとつ。

己が世界でいちばん最初に発見すること、提唱すること。〝今まで他の誰にもわからなかったこと〟であるからこそ研究には価値がある。

そして研究者の禁忌とはそれに反することだ。

ありもしないものをさも自分が最初に見つけたかのように捏造し、あるいは他人の発見を自分のものとして剽窃《ひょうせつ》する。露見すれば即座に大学なり研究所なりを馘《クビ》になり、研究者としての地位も地に落ちる行為だが、残念ながらやらかす者はたまにいる。

（なんでそんなことするのかなって、思ってたんだけど……）

ニュースを見るたび彩乃は哀れみ半分、呆れ半分の目を向けたものだった。

けれども今、彩乃はそれが他人事ではなくなっている。

「……なんで私、こんなことを」

卓袱台の上のノートパソコンにはワープロソフトが表示されている。昨夜からずっと徹夜で論文を書いていたからだ。

モニターに表示されている論文にはむろんのこと見覚えがある。

ただしその自分がその文章を書いた――いや、考えた記憶だけがない。

「どこでこれ読んだんだっけ、ええと、確かコピーのこのあたり……」

虚ろな表情のまま、彩乃は六畳間に散らばったコピー用紙を引っ掻き回す。

資料本をすべて買うのは無理なので、図書館で蔵書や論文誌の必要なところだけコピー、あるいは古文書のデータベースから印刷してきたものだ。こまめにファイリングしているのだが、ここ数日の修羅場のせいで数冊、あるいは数十冊分が混ざってしまっている。

探している――画面と同じ文章が載ったコピーはすぐには見つからなかった。

でも、確かこの中にあったと思うのだ。だって、

「今朝までにこれ仕上げないといけなくて、でも参考文献リストどころか本文もまだ穴だらけで、絶対に終わるわけがなくて、でもできなかったら絶対に先輩に殺されるし……」

ぶつぶつ彩乃は呟く。

徹夜明けで鈍っているが、昨夜の記憶はまだ残っている。

とにかく昨日は焦っていた。もとより論文を書くのが研究者のアイデンティティのようなものだが、特に現在は就職の瀬戸際だ。いくら榎本というコネがあっても、ろくに論文掲載実績もないようでは榎本の顔にまで泥を塗りかねない。

その大事な論文を、そもそも完成させられそうもない。そのプレッシャーは凄まじく、ここ数日は何度も吐きそうになっていた。

――だから手元のコピー用紙を掴んで、そして。

「でも、パクリなんて、本当にやるつもりじゃ……」

＊

彩乃のこの罪を語るためには、まず三週間ほど前に遡らねばならない。

「あんた、就活はどうなの？　ちゃんと進んでるの？」

「うっ……、やってるってば。でも研究者の就活はサラリーマンとは違うの」

「あんた、ずっとそう言って、何歳になってもふらふらと……」

なおもくどくど続ける母親から目を逸らしつつ、彩乃は味噌汁をすすった。

数年ぶりに戻ってきた実家での一幕である。

（いや、あんまり帰省したくはなかったんだけどさ……）

大学院に進学する際に両親とは何度も話し合ったものの、母親は研究者を目指す娘を今でも快く思っていない。さらには両親が危惧した通りいまだ常勤《テニュア》になれずポスドクの身ときている。

二人して気まずく黙り込んでしまった朝食の席に、テレビの音が白々しく響く。

母親がいつも流している朝のワイドショー番組だ。彩乃はアパートにテレビを置いていないので、派手な色彩のテロップすら久々に観る。

『――越智《おち》先生、これはどのようなものなのでしょうか？』

『――はい。これまで日本列島には、旧石器時代には人類はまだ住んでいなかったと考えられていましたが、この遺跡の発見により――』

流れてきた音声に、彩乃は思わず耳を立てた。

（……考古学か）

民俗学の隣接分野だし、実際、学生時代には先史学・考古学コースと民俗学・文化人類学コースのどちらを選ぼうかと迷ったこともある。彩乃でもそこらの一般人よりは詳しいはずだ。

テレビでは有名な史跡の解説をしている。それ自体は彩乃には既知の情報だったが、母親の呟きにまたも顔を引きつらせた。

「〝天才若手研究者〟ねえ……あんたもこのくらいになれるならまだしもねえ」

テレビ画面の右上にはそんなテロップが踊っている。

そして、映っているのは彩乃とさほど歳の変わらぬ女性だった。

「…………」

「大学の先生になるにはすごい発見をしないといけないんでしょ？　この……」

「研究成果がすごい発見かどうかなんて発表当時には誰にもわからないの。ＡＢＣ予想の証明なんて、論文が受理されるまで何年もかかったんだから」

数学分野でも有名かつ難解な予想のひとつである。京都大学の望月《もちづき》教授が論文を公表してから他の数学者によって何度も検討が行われ、学会誌に正式に受理《アクセプト》されるまでに七年半を要した。

強気に言い返しつつ、しかし彩乃は心穏やかではいられない。

（……〝天才〟かあ）

そんな枕詞とともに、メディアやネットで持て囃される研究者はたまにいる。

加えてテレビの中の彼女の場合、業腹ではあるけれども、若くて……ついでに綺麗な女性というのも作用はしているだろう。

(そんな評価が付けば、公募でも内定もらい放題なのかなあ)

大学も人気商売である。受験生とその保護者へのアピールとして、名前の通った研究者を採用したがるのではないだろうか。

ただまあ今の彩乃にそんな肩書きはない。無い物ねだりをしても始まらない。

「お祖父ちゃんの部屋、そのままになってるよね？」

「……ええ」

針の筵と承知で帰省せざるを得なかったのはむろん用事があるからだ。

彩乃が尋ねたのは昔に同居していた母方の祖父のことだ。しかし実の父のことでありながら、母親の声には一瞬、あからさまに嫌悪が滲んだ。

「……ごちそうさま」

せかせかと朝食を掻き込んで彩乃は席を立つ。

お説教をこれ以上聞きたくないのもあるが、実際、時間はあまりないのだ。

実家に着いたのが昨夜遅く、昼までには荷物をまとめて家を出なければ塾講師のバイトに間に合わない。その後は大学の授業準備と自身の論文が待っている。

こんなに大変なのはポスドクの今だけだと思いたいが、准教授にまで出世した榎本は絶賛寝袋生活を送っている。母親の苦言に頷くつもりはないが、やっぱり進路選択を間違えた気がする。

「……まあ、いまさら手遅れだけど」

ぼやきながら、彩乃は実家の奥まった一室の扉を開けた。

十数年前まで件の祖父が使っていた部屋だが、主人が亡くなった今も当時のままになっている。母親が手を触れたがらないというのもあるが、部屋にあるものをどう扱ったらいいのか素人にはわからないせいだろう。

六畳の和室はぎりぎり布団を敷けるだけのスペースを残して、残りはすべて本棚と段ボール、そして剥き出しの小物で埋め尽くされている。

天井近くまで積み上がった本はいずれも分厚く、表紙は色褪せ、小口は焼けて茶色くなっている。祖父が入手した時点で古書扱いだった本も多いから、背表紙が壊れていないだけマシなほうか。

背表紙を眺めると、『天照大神』『古事記』といった単語が散見される。

「神話関係はこっちにまとめてあるから、えーと……」

そして和室にあるのは日本神話の文献に留まらない。

たとえば顔まで黒ずんで不気味なこけし、昔はどこの家にもあったであろう熊手、室内に置くには無茶がある脱穀用の千歯扱き、すっかり埃をかぶった火鉢。押入れには臼と杵らしきものまで見える。

母校の民俗学コースの研究準備室にも、榎本の研究室にも似たようなものは転がっていた。まとめて民俗資料と称される、民俗学で基本となる、人々の風俗や習慣に根ざして伝えられてきた品々だ。

「……お祖父ちゃん、よくもまああこんなに集めたもんだな」

彩乃は本の山を崩して目的の本を捜しにかかる。

わざわざ実家に戻ってきたのは祖父の蔵書に必要なものがあったからだ。さすがに名古屋のボロアパートに全部持ってはいけないので、こうしてたびたび取りに戻ってくるのである。

足元に転がってきた手毬を拾い上げて、彩乃はふと目を細めた。

「……まだあったんだ」

子供の頃、「綺麗だから欲しい」と祖父にねだったのを覚えている。大事な資料だからと譲ってはくれなかったが、こっそり遊ぶのは黙認してくれた。

「…………」

彩乃はため息をつく。

祖父の専門は日本古代史、それ以外にも幅広く日本文化の研究をしていた。

だが書斎に篭りきりで家のことをろくにしないせいで親族には嫌われていた。ほとんどいないものとして扱われ、たびたびこの部屋を覗きに来るのは孫の彩乃だけ、それすら母親は好ましく思っていなかったようだ。

(自分の研究の話をしているときは、楽しそうだったな)

家族との会話すら煩しがる偏屈な老人だったが、さすがに孫は可愛かったのか、気分が良いときには研究について話してくれることがあった。祖父の膝の上で、古びた品々の謂れを聞くのが幼い頃は楽しかったのだ。

「……うわ、もうこんな時間！」

感傷を振り払い、彩乃は掘り当てた本をまとめてバッグに放り込む。

たちまち重くなった荷物を抱えて立ち上がろうとしたところで、彩乃は眉間にきつく皺を寄せた。

(あやかし……)

祖父の遺品の段ボールの陰に、小さな異形が視える。

肋の浮いた体躯で額から角を生やした、有り体に言えば鬼の妖怪だ。先日、河川敷で見かけた魍魎に似ているがあれよりはいくらか大きい。

ずっと前から祖父の部屋をうろついているあやかしである。

(――天邪鬼)

彩乃が存在に気づいたのは学生時代、榎本の本性を知った後に帰省したときだ。けれども実際はもっとずっと前からこの部屋にいたのだと思う。

「……だから、お祖父ちゃんはあんなことになったんだ」

祖父も彩乃と同様、かつては大学で民俗学を学んでいた人だった。昔は大学進学率が今よりずっと低かったことを考えれば、助手から講師を目指していた祖父はエリートだったはずだ。

（――結局、途中で辞めちゃったけどね）

彩乃の心情を知ってか知らずか、天邪鬼はじっとこちらを見つめている。

彩乃はあやかしが視えるがそれだけであり、基本的に話すことはできない。例外は榎本のようにあちらからちょっかいを出してくる場合だけだ。

「…………」

口承によれば天邪鬼は人間の心の内を察することに長けており、からかったり悪事を唆したりするという。あやかしの実在を知るべくもなかった祖父は、思わず魔が差したのだと後悔したまま世を去った。

けれども幸か不幸か彩乃には榎本との出会いがあり、この眼がある。

（私は、あんたたちに化かされるものか）

＊

ふらふら人文学部の講義棟の廊下を歩いていると奈月に出くわした。

彼女はぱっと顔を輝かせて駆け寄ってきたが、なぜかすぐさま微妙な顔をする。

「……佐々木先生、生きてますか、っていうか大丈夫なんですか？」

「別に大丈夫だけど、なんで？」

「いや、顔色がすごく悪そうなので……」

「ああ大丈夫大丈夫、ちょっと徹夜が続いてるだけだから」

それは大丈夫と言うんですか、という奈月の台詞はごもっともだ。

「いや、論文の締め切りがもうすぐなんだよね。」

「……論文書くのって、やっぱり大変なんですか？」

学部四年の奈月は先日、七月の卒論着手発表会を乗り切ったばかりだ。年末の論文〆切がそろそろ現実味を帯びてくる頃合いである。

「大変というか、そうだねえ……」

研究者は研究をしたいからこの職に就くのだし、論文とは研究の集大成である。論文を書くのが楽しくて楽しくてたまらない人もいるだろう、というより本来はそうであるべきなのだと思う。

　しかし実際は「これ査読通らなかったら先輩に殺される！」とプレッシャーに苛まれ、書けば書くほど論旨の粗が見えてきて、連日徹夜しながら「なんでこんなことやってるんだっけ……」と自分を呪い続ける作業である。

「あの、佐々木先生……？」

「ふふ……就職できなかったらほんとどうしようただの職歴なしだよ私……」

「えっと……そうだ、佐々木先生はどういう論文書いてるんですか⁉」

　学生の奈月にまで気を使わせてしまって大変申し訳ない。

「私が研究してるのは、口承がどう変化していくとか……あとは偽史、偽書かな」

「ぎしょ？」

「偽物の本。嘘八百とか、勝手に他人のフリして書いたりしたやつね」

　説明すると、奈月が「ああ！」と手を叩く。

「でも偽物ですよね？　それって普通は研究の邪魔になるやつなんじゃ……？」

「確かに史学のほうだと偽物の文献にまず資料価値はないし、偽物を研究しても意味がないからあんまりやる人いないんだけどね」

　史学……文献史学は基本的には、断片的な資料を繋ぎ合わせて歴史の全体像を検討していく地道な作業である。そこに偽物の入り込む余地はない。

「でも嘘の歴史、嘘の本が本当に歴史を動かしたなんてこともあるからね」

「嘘が……？」

「そうだなあ、有名なのは『史上最悪の偽書』とか」

この不名誉な名を与えられたのは『シオン賢者の議定書』という本である。

本の中では、ユダヤ人の世界を裏から支配せんとする企みが語られている。荒唐無稽な陰謀論であり、実際、二十世紀初頭にこの書物が公表されてからそう経たぬうちに流行小説が元ネタであるとも判明していた。

だが、この本はやがて人類史上に残る悲劇の遠因となる。

「ユダヤ人ってことは……あ、第二次世界大戦のホロコースト」

「そういうこと」

偽作であるとわかっていても、ヒトラーはこの本をユダヤ人大虐殺のプロパガンダに利用した。大勢のドイツ人もまたそれに同調した。結果は言うまでもなく、人類史でも有数の悲劇となった。

「なんで、偽物なのに信じちゃったんでしょう……？」

理由はいくつもあるだろう。流浪の民であるユダヤ人はヨーロッパ各地で偏見に晒されていた。当時のドイツは第一世界大戦の賠償金の支払いに苦しんでおり、彼らの持つ金融資産が狙われた。

ただ、そうした政治的事情を抜いて乱暴にコメントするならば、

「人間は結局、見たいものしか見ないんだろうね」

人間を化かすのは何もあやかしだけではない。

秘された歴史、自分だけが知る世界の真実、己に都合のいい論理——残念ながら、そんなものに人間はいとも容易く魅入られてしまう。

「でも、どういうきっかけでそういう研究することにしたんですか？」

「大森さんとあんまり変わらないよ」

彩乃は苦笑した。

「家族に偽造とかに関わったことがある人がいてね。……うちの祖父も民俗学とか好きな人で、それで学生時代に教官から『卒論でこれやったら？』って勧められたの」

（……まさか博士課程までこのテーマ続けることになるとは思わなかったけど）

「……あ」

と、そこで授業終了を知らせるチャイムが流れてきた。

「ごめんね、もう榎本先生のとこ行かないと。遅刻したら殺されるから！」

「あはは、頑張ってくださいね」

おとら狐に憑かれたことで奈月も榎本の本性——もっぱら性格の悪さのことだ——は知っているはずなのだが、驚くべきことに彼女の指導教官への崇拝は変わらない。

切実感を理解してくれない奈月の励ましを背に彩乃はぱたぱたと駆け出す。

「っと、すみませ……」

階段を一気に駆け上がったところで、踊り場でひとりの女性とぶつかった。

年齢は学生より少し上、彩乃と変わらないようだ。院生かと思ったのだがよく見るとよそ行きの服と化粧をしていて、授業か仕事上の話のために大学にやってきたものと思える。

「申し訳ありません！　あの、お怪我は……」

「ああいや大丈夫です大丈夫です」

ひらひら手を振って、彩乃はなおも研究室へとダッシュする。

（……あの人の顔、どこかで見たような）

＊

研究者になれば、自分が得意なものを追求できるはずだった。

とは言え研究費を得やすい分野というのはある。研究が役に立つかどうかは運とは言え、外部から資金を獲得する以上、まったくニーズのないところに助成金は下りない。

それに何より、研究者の世界は思う以上にしがらみが多かった。

（先生には……本当にお世話になったと、思ってるけど）

痛感したのは、学生時代の上下関係から一生逃れられないということだ。

大学時代の先生はずっと先生のまま、先輩は先輩のまま。研究分野は細分化されているので、学生時代、あるいは師匠筋からの人間関係がそのまま続く。

むろんメリットだって大きい。高名な師匠がいれば若手でも無碍にはされないし、他大学の研究者、就職先だって紹介してもらえる。一般企業ほど人事がシステム化されていない以上、頼れるのはコネである。

ただし世の中、自分にだけ都合よく回るはずがない。

己にもそれ以上の貢献を求められるのはわかっていたつもりだった。

「でも、……ここまでのことになるなんて」

苦しい。でも、もう誰にも言えない。

自分どころか世話になった人々たちもまとめて破滅してしまう。まさしく一蓮托生、一緒に地獄の底まで突き進むしかないのだ。

「どうしよう……」

そんなことを考えつつ歩いていたせいか、階段で誰かとぶつかってしまった。

「っと、すいませ……」

自分とさほど歳の変わらぬ女性だった。この大学の院生か講師だろうか。

「申し訳ありません！　あの、お怪我は……」

「ああいや大丈夫です大丈夫です」

その若い女性はけろっとした顔で手を振ってから、ぱたぱたと階段を駆け上がって行った。あちらはあちらで急いでいるようだ。

「……本当に大丈夫かしら」

だいぶ強くぶつかってしまったような気がしたのだが。

ただ、もう行ってしまったものは仕方ない。また謝る機会があればと思いつつ、彼女はふたたび階段を降りようとする。

だが、彼女はすぐにふたたび足を止めた。

『――――、――――……』

声がする。

誰か……知人や学生の声ではない。いや、人間の声なのかすらわからない。

それなのに、なぜか自分へと話しかけられていることだけがわかる。

「ば、……化け物」

＊

研究室の畳の上で、彩乃は深々と頭を下げた。

「あの、先輩。……ひとつお願いしたいことがあるんですけど」

「なんだ。言ってみろ」

　榎本は素っ気ない口調で返してきたが、涼しげな目元がかすかに動いたようだ。

（ううう、このいかにも『獲物が来た』と言わんばかりの……）

　しかし背に腹はかえられない。それにどうせ就職先の斡旋という特大の借りを作っているのだから、いまさらひとつふたつ増えたところで構うものか。

「そこの棚の本……『嗚呼矣草』なんですけど、少し貸してもらえませんか？」

　論文の執筆中に確認したいところが出てきたのだ。この書物は『日本随筆大成』という全集にも収録されているものだが、春日大学図書館には蔵書がなく、他大学から借り出そうにもあいにく貸し出し中になっている。

　普段であればしばらく待って借りに行くのだが、論文の〆切が迫っている。いつ返却されるとも知れない資料を待ってはいられない。

「ふうん……まあ、数日貸すくらいなら構わないが」

「ありがとうございますありがとうございます！」

　彩乃は慎重な手つきで冊子を受け取り、ハードケースごとバッグにしまった。

　榎本の所蔵する『嗚呼矣草』五冊組は古い和綴じで、明治、あるいは江戸期に作られたものに見える。もしかしたら榎本はリアルタイムで……刊行されると同時に手に入れたのかもしれない。

　この本の著者は田宮仲宣《たみやなかのぶ》といい、江戸時代に洒落本などを書いて生計を立てていた作家である。『嗚呼矣草』は江戸の珍しい話などを集めた本で、現代でもなかなか楽しく読めるが文学的にそこまで重要ではない。

（……作者と知り合いだったとかかな？）

「さて……」

　続く言葉を、彩乃は地獄の沙汰を聞く心持ちで待った。

　そもそも論文〆切直前でも雑用を減らしてなどくれない榎本なのに、頼みごとまでしてしまっては、いったいどんな無茶を言われるやら。

「来週の講演会だが、学外から高校生やらその保護者も……おい、聞いてるのか」

「え、はい、聞いてます聞いてます‼」

　彩乃はぶんぶんと何度も頭を縦に振った。

（普通の仕事だ！）

　さしもの榎本もそこまで鬼ではなかったということか。雑務が増えたことには違いないのだが、それだけで思わず感動してしまう彩乃である。

「母校《うち》でも講演会手伝わされましたけど、春日大《ここ》でもやるんですね」

　大学が講演会を主催することはよくある。

学生だけを対象にした授業の延長の場合もあるし、学外の人間でも聴けるようにすることもある。後者の場合は地域貢献、生涯学習イベントと言った意味合いも強い。

春日大学では毎年、夏休みに著名人を招いて講演会を行っているそうだ。これは受験生も聴けるようにするためでもあるらしい。

「って言うか先輩、講演会の運営までやらされてるんですか……」

「……僕だってやりたくてやってるわけじゃない」

ある程度は事務がやってくれるが、教員側からも人を出さざるを得ないらしい。

「まあ今回は鈴木《すずき》さんが張り切ってるし、僕の出る幕はあまりないが」

鈴木准教授とは確か人文学部所属の、メディア学の担当教員だったか。

「そう言えば、ああいう講演会って、登壇者をどうやって選ぶんです？」

「理事長の趣味と偏見だ」

去年の講演会はまさしく理事長の趣味と偏見により、著作多数、テレビ出演多数の国際政治学者…………とかいう肩書きの人物が登壇したらしいのだが、

「へえ。面白かったですか？」

「お前も二時間ぶっ通しで、真珠湾急襲は自作自演とかいう御託を聞かされてみろ」

「……そんなのサボれば良かったんじゃ……」

「拒否権があるわけないだろ。教員は全員参加、ゼミ生も全員強制参加だ」

「それってただのサクラ……」

死んだ目で語る榎本に、彩乃もまたそっと目を逸らしたのだった。

彩乃は気まずい顔のまま手渡されたプリントを一読し、

「へ、へえ、今年は考古学の人なんですか……ってあれ、この人、最近テレビに出てる〝天才〟さんですよね？」

プリントには登壇者のモノクロ写真と簡単な経歴が添えられていた。

越智麻里子《まりこ》、私立明洋《めいよう》大学にて博士号を取得。専門は日本考古学、旧石器時代。

『メディア出演歴多数』。

なるほど、理事長のミーハーぶりがよくわかる人選ではある。

「……ふうん」

まあ榎本はおそらく、いや絶対にあのワイドショーを観ていないだろうが。なにしろ彼が寝袋生活をしているこの研究室にテレビは置かれていないので。

「あ……でも特任助教なんですね」

名前に添えられた肩書きに彩乃は目を瞬かせた。

特任助教とは、大学にプロジェクト単位で雇用される研究者のポストの一種である。

〝助教〟と付くせいでややこしいが実態はあくまで任期つきであり、不安定な立場は榎本より非常勤講師の彩乃に近い。

「年齢からすれば普通だろう。それに、一般人には違いなぞわからんだろうし」

「……まあ、ですね」

テレビはあくまで天才〝研究者〟と謳っていた。確かに嘘は言っていない。

「それにしても、〝天才〟か。……ちっ」

「なんなんですその舌打ち。自分以外が持て囃されるのが気に食わないとか」

「そんなわけあるか。……前の大学にもメディアに出たがりがいてな、取材だか収録だかが忙しいと言ってろくに仕事をしやがらなかったんだよ」

お狐様の、今からでも相手を呪いたそうな顔である。彩乃は誰とも知らない榎本の元同僚に「逃げて今すぐ逃げて」と心から思った。

（そもそも大学の先生って時点で忙しいしね……）

さすがに授業を休むわけにはいかないから、その〝天才〟先生がサボっていたのは委員会や講演会の運営といった雑務だろう。……そして彼らがサボったぶんは他の教員に回ってくるわけだ。

（……そういう人に会ったらあんまり近付かないようにしよう）

「い……いくら特任でも、有名人がよく他大学の講演に来てくれましたね」

「鈴木さんの大学の後輩らしくてな。その伝手で頼んだらしい」

理事長の趣味の陰謀論を御免被りたいのは榎本だけではなかったようだ。

「それで、私は何をすれば良いんで……」

「なに、今はお前も〆切前で忙しいことだしな。設営の手伝いで勘弁してやる」

「それは勘弁するって言うんですか⁉」

いかなる無茶振りも覚悟したつもりだったが、結局、彩乃は悲鳴を上げた。

「〆切ってその講演会の翌日なんですけど……」

「当日じゃないなら問題ないだろ」

「そんな人間外な真似ができるのはそもそも人間じゃない先輩だけです！」

〝天才若手研究者〟であれば可能かもしれないけれども、今、比較しても虚しいだけなのでそれ以上は考えないことにする。

ぜえはあと肩で息をする彩乃を、榎本はどこか含みのある笑みで見下ろした。

「だが、お前は顔を出しておいたほうが良いと思うけどな」

「……どういう意味です？」

「その越智女史だが、お前と公募でぶつかる可能性がわりと高いぞ」

「なんで⁉」

またもや彩乃は叫ぶ。

「だって〝天才〟じゃないですか、そんな人がなんで他の大学をいまさら……」

「なぜって、お前と同じで任期付きだからに決まってるだろ」

「……ごもっともです」

メディアに持て囃されることと実際の肩書きは必ずしも一致しない。

「ううう、それにしても、こんな人と競うことになるなんて……」

研究者界隈は狭い世界だ。

師匠にくっついて学会に出ているうちに近しい分野の研究者とはだいたい顔見知りになってしまう。誰がどのグループに属しているかもわかるし、やがて公募で誰と競合するかも見当がつくようになってくる。

今回、募集がかかるのは民俗学の授業を担当する教員だが、件の越智麻里子も専門は考古学だから、学部生対象であれば同レベルの講義はおそらく行える。

特に今回は学部再編後を見越した募集なので採用条件が少し複雑だ。めぼしい競合相手はいないと高を括っていたのに、まさか〝天才〟と真っ向勝負する羽目になるだなんて。

（学科長のコネがあると言っても……）

いくら新規採用において榎本の権限が強いといっても、彼の一存ですべて決められるわけではない。選考会議で他の教員がみな越智麻里子を推したとしたら、榎本とてそれを覆せるとは限らないのだ。

なにより、研究者とは常に世界中の同業者と成果を競い合う職業である。

手心を加えてもらってようやく合格する程度では、どうせ先はない。

「とりあえず講演くらい眺めておいたらどうだ。もう手遅れかもしれないが」

「……後半は黙っててくれません？」

しかし、聞かなかったことにして論文に集中もできそうにない。

「それから、お前」

榎本はついと顔を上げて、正面から彩乃を見つめる。

飴色の瞳が一瞬、黄金に輝いた気がして、彩乃はごくりと息を飲んだ。

「最近、大学以外にどこに行った？」

「……へ？」

彩乃はきょとんとする。そりゃあ最近は大学とバイト先、そして自宅を往復するばかりで、およそ文化的な生活をできているとは言えないけれども。

「どこと言われても……あ、私だってたまには実家に戻るくらいしますよ!?」

「親不孝もいいところのお前が、いまさら両親に会って何をしようって言うんだ」

「うっ」

まるで母親との会話を聞かれていたかのようで彩乃は呻いた。

「論文に使えそうな本が祖父の書斎にあったので、それを取りに……」

「へえ。で、もちろんその本は持ってきたんだろうな」

「…………」

榎本に睨まれて彩乃は思わずのけぞった。

「い、いや論文終わったらちゃんと持ってきますから、まず私に読ませてくださいよ！」

「……ちっ」

頷きつつも、舌打ちを隠そうともしない榎本である。

「そのお前の祖父さんってのは、何をやってたんだ？」

「中学校の先生をしてました。……ただ、若い頃は大学で助手をしていたとかで」

「なるほど。別に、大学にいなきゃ研究できないってわけでもないからな」

彩乃が現在進行形で苦しんでいる通り、研究職に就くのは狭き門である。

ただ研究そのものは別にその限りではない。高価な実験機材が必要な物理化学分野は難しいだろうが、彩乃たちの学問は基本的には文献と聞き取り調査で進めていく。これなら個人でもやれないことはない。

実際、何らかの事情で大学に残らず一般企業に就職した後もライフワークとして研究を進めている人は多い。特に近年はインターネットでそれらの成果を発表できるので、在野の研究活動も活発になってきた。

（でも、お祖父ちゃんは……）

時間が止まったままの祖父の部屋を思い返して、彩乃はふと目を瞬かせる。

（……そうだ）

「あの、先輩。……五百年以上生きてるなら、他のあやかしも知ってますよね」

「そりゃあ、そこらに同胞《なかま》はいるし。仲良く話すわけじゃないが」

「なら――天邪鬼に会ったことって、ありますか？」


（……お？）

白い毛並みの狐のあやかし――おとら狐は、思わずぴんと耳を立てた。

むろん念入りに気配を隠すことも忘れない。あの彩乃という小娘はともかく、学者狐は他者の気配に聡いから、ここで隠れていることがバレてしまってはまったくもって面白くない。

（天邪鬼ねえ）

おとら狐もその存在は知っている。

はるか昔の天探女《アメノサグメ》という女神に縁のある存在であり、人間の心を探るのに長けている。そして人間の意思とあべこべの悪事を唆し、不幸を嗤うあやかしである。

こう述べるとなんだかすごそうだが、実際は天邪鬼の悪戯はたいてい失敗に終わる。女神の裔《すえ》も今やただのチンケな小鬼に過ぎない。

ともあれ、今はそれよりも学者狐である。

「まあ、天邪鬼なら見かけたことがなくはないが。……それがどうした？」

学者狐の声に含みがあることに、あの間抜けな小娘は気づかない。

「あやかしには苦手なものがありますよね。ほら、先輩も犬はダメですし……違うんです喧嘩売ってるわけじゃないんですすただ一例として挙げただけで！」

一瞬、以前の屈辱を思い出してぶわっと気配を放散しかけたおとら狐だが、ぺこぺこ必死に土下座している小娘を眺めてなんとか平静を取り戻す。

「まあ……、なくはないんじゃないか」

学者狐もあからさまに不機嫌そうに答えていた。

「人間は毒を食らえば死ぬし、刀で斬られても、食い物がなくても死ぬからな」

「それ苦手っていうレベルなんですか……ええと、それで」

小娘はどうにか気を取り直した様子で、

「もし天邪鬼の苦手なものとか知ってたら教えてもらいたいなあ……、と」

おとら狐は思わず吹き出した。

学者狐も小娘をしばし胡乱な顔で見下ろしていたが、

「……お前の祖父さんは、天邪鬼の悪戯を食らったことでもあるのか？」

「え？　その、なんでお祖父ちゃんだと……」

小娘は狼狽えているが、この話の流れでそう思わないほうがむしろ驚きである。

「……実際そうなんですけど、ええと」

小娘はやたら口籠っている。

けれども会話の内容、そして〝大学〟に集う人間ども言動をしばらく観察していれば内容は想像がつく。おとら狐でもそうなのだから、長いこと人間に化けている学者狐には自明だろう。

天邪鬼は人間に悪戯して悪事をさせるあやかしだが、その力はささやかなものであり、ほとんどは失敗、あるいはちょっとした騒動で終わる。

けれどもたった一度の悪事が身の破滅に繋がる場面もある。

（誰かの研究を盗んだとか、勝手にでっち上げたとか、そんなとこじゃねえの）

理由までは知らないが大学の学者どもはそうした行為をひどく嫌うし、一度でもそうした行為に手を染めたとなれば地位を失う。学者狐とて人間に化けるにあたってはかなり気を付けているようだ。

それにしても、とおとら狐は肩をすくめる。

ここまで孫娘に恨まれているとは、その天邪鬼はよほどうまくやったらしい。少なからず似た気質を持つ狐としては嫉妬してしまうくらいだ。

「天邪鬼の弱点ねえ。知らん」

学者狐が言い切るのに、小娘は愕然と顎を落とした。

「知っていてもお前に教えるはずないだろ。……お前は話したこともない学生と、そこらを歩いてる野良犬、目の前で車に轢かれそうだとしてどちらを助けるんだ？」

迂遠な言い回しだが、要はたかが人間に同胞の弱点など言うわけがないということだ。小娘は学者狐の外見にすっかり騙されていたようだが。

「あ！　じゃあ、お狐様と天邪鬼だとどっちが強いんですか？」

これには学者狐も顔をしかめた。

天邪鬼は人間の心を読むという特技こそあれ、言わば悪戯という本能で動いているだけの存在であり、人間に憑いたりあまつさえ人間に化けられるような知性は持たない。力と言うなら比較にもならないだろう。

「まあ……、普通はあっちから逃げ出すだろうな」

渋い顔の学者狐に、小娘はやたらと感心していた。実際はろくに役に立たない情報だと思うのだが。

やがて話は終わったようで、小娘は部屋を去り、学者狐もまた自分の仕事に戻る。最後まで気を抜かないようおとら狐も慎重にその場から離れた。

（天邪鬼か。また見かけることがあればいいいな）

そうすれば面白いことになりそうだ。

＊

大学では、あるいは大学でもと言うべきかもしれないが、とにかく会議が多い。教授会主任会、国際人間学研究科委員会、例の文系学部再編整備充実検討委員会専門委員会人文学部整備充実検討ワーキンググループ、などなど。舌を噛みそうどころかミスタイプ必至、名称を決めた当人たちだってどうせ普段はコピペしている。

その、名前すらあやふやな会議が終わった後のことである。

「お忙しそうですね、榎本先生」

榎本に声をかけてきたのは鈴木准教授だ。

馴れ馴れしい態度に榎本はわずかに眉をひそめる。鈴木准教授はコミュニケーション学科の教員なので榎本との関わりは少ないのだが、今日は人文学部の会議なので彼も参加していたらしい。

「……ええ、まあ」

会議を聞きつつノートパソコンを開いていたことを言っているようだ。

なお、会議中に別の作業をしている教員は実は珍しくないし、お互い様なので普段はいちいち言咎めたりはしない。

「ところで来週の講演会の件ですが、越智からレジュメの草案が届いたのでさきほど転送しておきました。確認よろしくお願いしますね」

いちいち口頭で念を押されるほどの用ではない。

「はあ、……越智さんにも当日を楽しみにしてますとお伝えください」

「ええ、それはもう」

榎本を見上げる鈴木准教授はわかりやすくドヤ顔だった。

榎本と鈴木准教授の職位は同じだが、年齢はあちらのほうが少し上だ。そのせいか「運だけで若くして准教授にまでなった」と思われているらしく、今回に限らず水面下でたまに嫌味を言い合う関係である。

そんな中、メディアも注目する新進気鋭の研究者を引っ張ってきたのだ。自慢くらい笑って見逃してやるのがきっと人間どもの作法なのだろう。

なおも数分ほど気分良く話してから鈴木准教授は去り、入れ替わるようにして、またも別の教員が話しかけてきた。

「……鈴木先生は相変わらずですねえ」

品のいい話し方。守谷教授である。

「そう言えば、守谷さんも明洋大学のご出身でしたっけ?」

「ええ。でも同じ大学と言っても、学部も、そもそも歳が離れていますからね。鈴木先生がこちらの大学にいらっしゃるまで面識はありませんでした」

話しつつ榎本は内心でわずかに首を傾げる。

他の教員ならいざ知らず、守谷教授は生真面目と杓子定規を体現する人物である。理由もなく喧嘩や人間関係のトラブルに首を突っ込んでくることはない。

それを敢えて今、話しかけてきたということは。

「……何か気になることでも？」

何やら考えあぐねている様子の守谷教授に小声で問いかける。

守谷教授もまた他の教員には聞こえない程度の声で、

「いえ……、根拠もないまま他人を批判することはできませんから」

それはつまり不名誉な噂話があると言っているようなものだ。そしてこれまでの話の流れからすれば、その人物とはおそらく。

「……件の越智さんについて、何かご存知なので？」

「いえ、私はその越智先生とも面識はありません。ただ昔の後輩と連絡を取ったときに、考古学研究室について話を聞いたことはあります」

明洋大学は難関私立大のひとつで、考古学分野でも名門とされている。

特に越智麻里子の恩師は日本古代史における重要な発見をした人物で、教科書やテレビの教養番組でもたびたび紹介される人物だ。彼女が持て囃されているのは強力な後ろ盾がいるせいもあろう。

守谷教授は目を伏せながら、

「考古学上、重要な史跡をいくつも発見した方だと聞いています。その実績に間違いはないはずなのですけど——どうも、立ち振る舞いには無理があるように見えると」

＊

講演会当日、彩乃はスマホの着信音に叩き起こされた。

「ううっ、今何時だと思って……」

昨夜、というより今朝まで論文を書いていたのだ。講演会でぶっ倒れるわけにもいかないからと断腸の思いで数時間だけ布団に入ったのに、時刻表示を見るとまだ一時間も経っていない。

さりとて着信を無視するわけにもいかず、

「……………もしもし、佐々木です。……お疲れ様です。いったいなんで……」

『佐々木先生？　今日の講演会のことなんですけど……』

電話をかけてきた相手は大学の入試広報課の女性だった。

彩乃も慌てて意識を覚醒させる。教授であれ非常勤であれ、事務員は決して機嫌を損ねてならない人々だ。大学教員というのは彼ら彼女らの働きがなければ書類もろくに揃えられない人種なのである。

「あの、今日の講演会の準備って、九時集合という話だったような気が……」

『そうなんですけど、ちょっと……すみません、とにかくできるだけ早めにこっちに来てください。榎本先生はもういらしてます』

　榎本は講演会の運営にも噛んでいるので、真っ先に呼び出される立場である。

　しかし今回、彩乃はただの手伝いのはずだし、

（あのお狐様と一緒にしないでくださいよ⁉）

　寝袋生活でもいつも皺ひとつないスーツ姿でいられるのは、あの人間の姿が幻だからだ。あやかしがこれほど羨ましいと思ったことはない。

　しかし入試広報課からの緊急連絡とあらば彩乃に否と言う権利などない。

　シャワーと身支度だけして朝食も摂らずに飛び出し、早朝のまだ人通りの少ない道路を軽自動車で吹っ飛ばす。事故らず一時間後には着いたのを褒めてもらいたいくらいだ。

　講演会が行われるのは、キャンパスの一角に建てられた講堂だ。

　さすが大規模私立大だけあって、収容規模は数千人とちょっとしたコンサートなら行えそうな立派な建物である。ただこれでも学生全員を容れるには足らず、入学式、卒業式は学部ごとに何度かに分けて行うらしい。

昼過ぎからは賑わう予定の講堂周辺は、今はまだがらんとしている。

その入口のど前ん前にお狐様は腕組みで佇んでいた。

真夏なのでさすがに上着は脱いでいるが、長袖のシャツとわずかに緩めたネクタイ、薄手の手袋はいつものままだ。クールビズ風の装いではあるが昨今の酷暑においてはこれでも暑そうに見える。

（まあいいか、どうせ中身はお狐様なんだし）

「遅い」

「無茶言わないでくださいよ！」

あの事務員が各所に連絡しているようだが、早朝の突然の呼び出しとあってまだ集まった人間は多くはない。

「だいたい、私がいたところでなんの役に立つんで……」

「僕が一睡もしていないのに、お前が惰眠を貪っていると思うと腹が立つ」

「ただの八つ当たりじゃないですか！」

ひとしきり喚いてから、彩乃は声のトーンを落として尋ねた。

「……で、何があったんです？」

電話でもざっと説明は受けたのだが、入試広報課でも把握し切れていないのか、いまいち要領を得なかったのだ。

問うと榎本もわずかに柳眉をひそめて、

「脅迫状だよ」

「……大学にですか？」

「夜のうちに、どこぞの馬鹿が正門に貼っていったらしい」

実のところ、一年に一度くらい聞くニュースだ。大学に爆破予告が送られてきて、慌てて学生教職員が避難させられるという事件はたまにある。たいてい定期試験から逃げたい学生の仕業だったりするけれども。

「我が国の歴史を冒涜する学者の講演を今すぐ止めさせろ、さもなくば大学の関係者全員を国賊と見做す、だとさ」

「…………うわあ」

古代史や神話学というのはどうも過激な思想の持ち主を呼び込みやすい分野らしく、天皇機関説が不敬として攻撃された戦前ほどではないにせよ、ネットでは根拠に乏しい……それでいて声だけは大きい書き込みをよく見かける。偽書も専門とする彩乃はこのあたりも研究対象なのでなおさらうんざりだ。

「それって……どうするんです？」

「学長にはさっき連絡がついた。だが、この講演会は理事長の肝煎りだからな」

（嫌味を言われる……くらいじゃすまないんだろうなあ）

理事長が趣味と見栄でやっている講演会が脅迫文ひとつで中止になるなど、あってはならないことなのだろう。その後のことはあまり考えたくない。

少し離れたところでは女性事務員と、慌てて駆けつけてきた鈴木准教授が弱り切った顔で話し込んでいる。

「爆破とか、具体的な被害を予告してるわけではないんですよね」

「ですがこれで万が一、学生に危害でも加えられたら……」

何か事件が起これば間違いなく責任問題、記者会見のテレビ中継待ったなしだ。雇用主たる理事長の怒りも恐ろしいが、学内で事態が収まるぶん全国放送よりはマシではないかと思う彩乃である。

（もしかして……）

一瞬、彩乃の脳裏を白い狐の姿がよぎる。

ただ榎本のように普段から人間に化けているならともかく、あやかしはそう都合よく人間を操れるものではない。関係ないとは言い切れないにせよ、人間も必ず絡んでいるはずだ。

と、そこで向こうが少し騒がしくなった。

「――越智さん！」

遅れて誰かが到着したらしく、鈴木准教授が慌てた様子で駆け寄っていく。

その人影、そして名前には彩乃も覚えがあった。

（……あの人が、例の〝天才〟さんか）

公募のライバル——まあ、あちらは歯牙にもかけていないだろうが——の登場に、彩乃もごくりと息を飲む。

越智麻里子は、テレビで観た印象より小柄な女性だった。

セミロングの黒髪に黒々とした大きな瞳、日本人形のような顔立ち。ホテルから急ぎ駆けつけてきたせいか、服だけは女子アナウンサー風のワンピースを着ているものの表情はまだ眠たげでメイクも最低限しかしていないようだ。

（……そう言えば）

先日、階段でぶつかった人物があんな顔だった気がする。あれは講演の打ち合わせか何かで春日大学を訪れていた麻里子だったようだ。

「そんなに競合相手が気になるのか？」

「そりゃそうです。まあ向こうは私をライバルなんて思ってもいな……」

言いかけたところで彩乃は思わず目をこすった。

この大学の構内にもあやかしはごく当たり前に存在している。たとえばゴミ捨て場の塵塚怪王、影女、おとら狐——はできることならカウントしたくない相手だが。

けれども、こいつはこれまではいなかったはずだ。

亡くなった祖父の部屋で何度も視た、決して見誤ることはない仇の姿。

「ま、越智女史も脛に傷がないってわけでもないみたいだが」

「どういう意味ですか、それ⁉」

彩乃は榎本に食い付かんばかりの勢いで見上げる。

その勢いに榎本はわずかに目を丸くしたが、声を落として答えてくれた。

「明洋大の考古学研究室の連中は、どうも〝無理をしているらしい〟とさ。あの守谷さんが言ってたくらいだ、知ってる奴は知ってるんだろうな」

今まで彩乃や榎本の耳に届かなかったのは、二人とも国立大学の出身で明洋大学とはグループが異なるせいだろう。研究者は何かと派閥を作りがちだ。

（〝無理〟……）

「脅迫状に書いてあったのも、そういう意味なんですかね？」

「たぶんな」

歴史研究者の疑惑、となれば過激な思想の持ち主からすれば歴史の冒涜に見えるだろう。ろくでもない脅迫状にもいちおう根拠はあったらしい。

顔をしかめる彩乃の横で、榎本は人の悪い笑みを浮かべて、

「だが、お前にとっては運が良かったんじゃないか？」

（……確かにね）

実績があるからと麻里子を採用したのに、その後に不正が発覚、論文取り下げという事態になったら春日大学は泣くに泣けない。守谷教授をはじめ学内関係者にもこの噂が出回っているなら、採用選考は「面倒そうな奴は避けておこう」という流れで進むのではないか。

たぶん、それは彩乃にとっては喜ばしいことなのだろう。

〝天才〟と真っ向勝負して勝てる自信などない。疑惑の本当のところはわからないが、ライバルを減らすチャンスは最大限に利用するべきだ。彩乃だって就職できるか否かの瀬戸際なのだから。

けれども。

「不満そうだな」

「当然でしょう！」

彩乃は顔を上げてきっと榎本を睨んだ。

「先輩。脅迫状に書いてあったのは『我が国の歴史を冒涜する』でしたっけ？」

「ああ」

彩乃が指差す先に榎本もゆっくりと目をやる。

そこには、麻里子の足元にあの小鬼――天邪鬼がまとわりついていた。

「越智さんが本当にやらかしているなら、そりゃあ、そんな人に負けるのは嫌ですよ。でも歴史を冒涜してるのは越智さんじゃなくて、どう考えてもあれの仕業じゃないですか」

＊

「初めまして、越智です。春日大学の方にはご迷惑をおかけしまして……」

「いえいえ、あんなの送ってくるほうが悪いんですから。……あ、佐々木です」

早朝の呼び出しからしばし、彩乃はようやく越智麻里子と話す機会を得た。

いつまでも講堂の前で立ち話しているのも馬鹿らしいので、早めに施設課長に講堂の鍵を開けてもらったのだ。一同で講堂の奥にある控え室に移動し、今は教員と入試広報課で対応を話し合っている真っ最中である。

なにせ講演会は近隣の公共施設や高校でも告知されている。大学の評判や受験者数にも関わってくる以上、迂闊な対応はできない。

しかしそうなると、当事者ではあるが他大学の人間である麻里子、非常勤で権限のない彩乃はしばらくやることがない。

それを見計らって、彩乃から麻里子に声をかけたのだった。

まずは社会人（？）らしく名刺交換からスタートする。

（あ、名前しか名刺に入れてないな）

大学名入りの名刺に肩書きはあってもなくても構わない。彩乃は正直に『非常勤講師』と入れているが、麻里子の名刺はごくシンプルだった。

ちなみに彩乃は出身大学を離れて非常勤講師をしているが、麻里子は師匠にポストを用意してもらって研究室にそのまま居残っているタイプだ。任期付きの研究者と言っても立場はいろいろである。

「この間、テレビ拝見しましたよ。すごい映ってましたね」

「いえ、まさか私もあんな風に演出されるとは思わなくて……」

麻里子は顔を真っ赤にして何度も首を横に振った。

対外向けのアピールはともかく同業者に〝天才〟を名乗る度胸のある人間は滅多にいないだろう。あのお狐様なら躊躇なくやりそうな気もするが。

（いや、余計な仕事が増えるから嫌だって言うかな……）

榎本はともかく、麻里子はテレビの謳い文句よりは普通の人だった。

整った顔立ちやさらさらの黒髪はいかにも芸能人といった風だ。しかし俯きがちな仕草や話し方は学生と比べてもおとなしい。

（まあ、わざわざ考古学を専攻するような人だもんね）

美貌を活かしたいならより適した仕事が他にある。考古学好きの女性がたまたま見目も良かったということだろう。

「それに、あれは私じゃなくてうちの先生がすごいんです」

「沢田《さわだ》先生ですよね。日本の先史時代の歴史を塗り替えたっていう」

沢田名誉教授は、それまでの定説より古い地層から遺跡を発見、その功績で明洋大学に迎え入れられた人物だ。既にかなりの高齢のはずだが、定年を迎えて名誉教授の称号を得た後も、客員教授として引き続き教鞭を取っているらしい。

「ええ。でも、私は先生にくっついて遺跡を調査していただけですから……」

麻里子はどこか困ったように微笑んだ。

どの分野であれ研究は博打だが、発掘調査で目当てのものが見つかるかどうかはまさしく運だ。むろん専門家たちが何度も検討や事前調査を繰り返してから取り掛かるわけだが、それでも。

麻里子が参加した発掘調査も当初は失敗と思われて引き上げる予定だったそうだが、彼女だけが調査の継続を主張、発掘ポイントを変えてとうとう礫器《れっき》（最初期の打製石器）の発見に至ったという。

「石器を見つけたときって、『これだ！』ってすぐにわかるものなんですか？」

「うーん、ずっと石器を見てると、人間が叩いたものかどうかは見分けがつくようになりますよ。もちろん科学的な証明が大変なんですけど」

「論文出せたときには、沢田先生はそりゃあ喜んでくれたでしょう」

「ええ」

（……なるほど、そういうサクセスストーリーなわけね）

さすがに彩乃はそれを頭から信じることはできない。けれども、

「夏に発掘調査なんかやると、大変じゃないですか？」

「そりゃもう。暑いも暑いですけど、いくら日焼け止め塗っても追いつかなくて」

苦笑いする麻里子の、ワンピースの袖から覗く腕や手指はなるほど彩乃が見ても日焼けしている。不名誉な疑惑はあれど、彼女が連日、炎天下の下で発掘を続けてきたことだけは確かだ。

（この人のところに、天邪鬼さえいなければ……）

少し話しただけだが、彩乃は麻里子に好感を抱きつつある。

彼女は研究が好きないたって真面目な人だ。このあやかしさえいなければ、立派な研究者だと日焼けした手を尊敬することができたのに。

「ところで、佐々木さんはどちらの研究室のご出身なんですか？」

今度は麻里子から水を向けてきた。

「私は常陸《ひたち》大学です。……師匠は災害史とか埋葬とか色々やってたんですけどね、私は去年、科研費（研究助成金）を偽書で取りました」

「偽書？」

「そうですそうです。自分に都合の良いように勝手に捏造したやつです」

ここぞとばかりに〝捏造〟のところを強調してみる。

「偽物ですか。うちだと発掘した後の鑑定がすごく大変なんですけど……」

「ええ。でも『先代旧事本紀《せんだいくじほんき》』なんてのもありますし」

そこらは分野による考え方の違いというやつだろうか。

この『先代～』とはかつて『日本書紀』の元となったと考えられていた書物である。後世の研究で偽作とわかったが、それにしても成立は平安時代、偽作と確定したのも江戸時代とくれば、これ自体がもはやひとつの歴史であろう。

「ま、当時は『自分が偽書を書いている』なんて自覚はなかったそうですけど」

雑談のように彩乃は語る。

「あくまで史書の個人的な解釈を述べたつもりが一人歩きして、後世で偽作者呼ばわりされるっていうのも、ある意味気の毒な話で……」

（……違うのかなあ）

忙しく口を動かしつつ、彩乃はさりげなく麻里子の表情を窺った。

（天邪鬼は人間の心を読んで悪戯を仕かけるあやかしのはず……）

捏造や剽窃は研究者にとって最大のタブーだ。

なればこそ天邪鬼は人間にそういう真似をさせようとする。彩乃の祖父がその典型で、いもしない学者の本を参照したとして糾弾され、大学を追われた。

けれども祖父のように即座に露見することがなければ、天邪鬼の悪戯はそのまま大発見に転じてしまうのではないか。

あまりによくできた〝天才研究者〟誕生ストーリーへと。

（……お前、いったい何をやったの）

足元の天邪鬼を掴んで問い詰めたくてたまらない。

けれども天邪鬼は彩乃に視られていることすら気付いていないようだ。あやかしと対話できないことが口惜しくてはならない。

となれば麻里子に尋ねるしかないのだが、初対面の人間に「あなた憑かれてますよ」「見つけた石器って本当に本物でしたか？」などと言えるわけがない。もどかしい雑談が続く。

（別に、越智さんを追い詰めたいわけじゃないのよ）

ただ、ちょっと冷静になってほしいだけなのだ。

同業者からは疑われ、実際に脅迫状すら送られてくる有様となっている。もし本当に不正に手を染めているならば、祖父のようにキャリアを失う前に発掘したものを見直して、間違いであれば撤回、あるいは修正してほしい。

「佐々木さんはこちらの非常勤ですよね。関東の大学からどういう経緯で？」

「ああ、同じ研究室の先輩の紹介で……」

そこで榎本と鈴木准教授がこちらにやってきた。どうやら結論が出たらしい。

「お疲れ様で……」

会釈する彩乃をいきなり鈴木准教授がぎろりと見下ろしてきた。

彩乃は鈴木准教授とは学科が違うのでこれまで話した覚えもなく、かろうじて顔と名前が一致しているだけの間柄だ。榎本ではあるまいし、何をいきなり怒られようとしているのかと思ったが、

「……二人でどんな話をしてたんですか？」

（別に、越智さんを虐めるとかそんなつもりはありませんってば！）

鈴木准教授も麻里子の疑惑は知っているようだ。余計なことを言って噂を広めたりしたら承知しないというわけである。

「いやいや、発掘の話なんかを聞かせていただいていただけで……」

慌てて愛想笑いで言い訳するも、鈴木准教授ががっちり麻里子のカバーに入ってしまった。これではもう彼女に話しかけることすら難しそうだ。

「越智さん、講演会まであと一時間というところで大変申し訳ないんですけど」

「はい」

「今からスライドを修正することはできますか。……脅迫状はあくまで講演内容にケ

チを付けたいようですから、内容を多少変更すれば問題ないのではないかということになりまして」

鈴木准教授が己の仕事だとばかりに、きびきび麻里子に指示を出している。

「私としては、今からでも中止したほうが良いと思うんですすけど……」

遅れて隣にやってきた榎本に、彩乃は声をひそめて訴えた。

「だって脅迫状は越智さんに来てるんですから、内容変えたところで意味ないんじゃないですか。大学に爆破予告があって試験が中止になることあるじゃないですか、今回だって似たようなもんでしょう」

「理事長に連絡したが、開催するの一点張りだった。僕じゃどうにもならん」

榎本はげっそりした表情だった。彩乃と麻里子が話している間、常勤《テニュア》と入試広報課の皆さんは色々と大変だったらしい。

そしてそう言われてしまえば非常勤の彩乃にはもはや手の出しようもない。

鈴木准教授の指示を受けて、麻里子が控え室の机にモバイルパソコンを広げた。講演会ではスライドを表示しながら喋ることになるので、本番で使用するものをそのまま持ってきているはずである。

「……間に合いそうですか？」

「なんとかします。私の講演ですから」

教員は学生の前で喋り続けるのが仕事なのでアドリブには意外に強い。若手のうちは念入りに授業準備をするものの、経験を積むにつれてその時間は減っていき、ベテランになると授業三十分前にばばっと資料を作っただけで一時間半ぶっ通しで喋れるようになる。

「……うわ、もうこんな時間なんだ」

呼び出されたのは早朝だったが、気づけば講堂の外からざわめきが聞こえた。そろそろ彩乃も来客の誘導に回らなくてはならない。だが、

（これ以上、あいつらに好き勝手させてたまるか）

麻里子の足元にはなおも天邪鬼がまとわりついている。

榎本も気付いてはいるはずだが何も言う気配もない。人間を同胞より優先するつもりはないと断言された以上、麻里子のことで榎本を頼ることはできない。

けれどもやはり、彩乃は見過ごすことはできない。

（……なら）

＊

「それではこれより、『日本古代史の最新研究』と題しまして――」

ライトが落とされた講堂の客席に、榎本の声が響く。

講堂に集まった聴衆にはむろん脅迫状のことは伏せられているが、建物の内外は警備員、体育会系サークルの男子学生も動員して警戒に当たっている。ただ開場前に監視していた限り、特に怪しい動きをする人物はいなかった。

むろんただの愉快犯で、この会場にはいない可能性も高いのだが、

(先輩がそういうの見抜ければ、話はさくっと終わったんだけどなあ……)

残念ながら狐のあやかしの力はそこまで都合良くはないようだ。

彩乃は警備の役には立たないので当初の予定通り誘導係をやっていた。それが終われば講演はゆっくり聴いていられるはずだったのだが、榎本から「だったらついでにやっておけ」とビデオカメラを押し付けられて今は即席記録係である。

まあ録画時間とバッテリーの残量にさえ気をつけていればいいので、雑用としては楽なほうだろうか。

きちんとメイクして髪も整えた麻里子はさすがのステージ映えで、彼女目当ての若い男ども、ついでに女性がほう……と感嘆しているのが遠目にもわかる。

(……もしかして、先輩ってこれ用に駆り出されたのかな)

しかしマイクを持って司会を務める榎本もそれに負けない存在感で、女子高生が小声で「ねえねえ、格好良くない?」と言い合っていた。彼女たちにはぜひ来年この大

学に入学して地獄を見てほしいものだ。

やがて榎本はステージ脇に引っ込み、麻里子がステージの中央に残る。

「さきほどご紹介に与かりました……」

そして懸案の講演は始まった。

巨大スクリーンにスライドを投影しつつ、麻里子はテーマについて話し始めた。もとより高校生が多いので難しい議論は避ける予定だったそうだが、修正によりさらにライトな内容になっている。

隣接分野の彩乃には既知の話も多く、退屈な議論になるかと思ったのだが、

「たとえば一九〇九年に、千葉県で埋葬された狐の骨を掘り出したという報告が上がりました。これが本当なら、縄文時代の人は狐をペットとして飼っていたということになりますけれども――」

榎本に首輪がついているところを想像して、思わず吹き出す彩乃である。

（……いや、無理だな。あんな寝首を掻かれそうなペットは嫌だ）

「ただ後の調査で、実は犬の骨だったとわかりました。昔から人間は犬を大切にしていて、亡くなったらきちんと埋葬も……」

ちなみに日本における狐信仰は、犬と比べるとそう古いものではない。平安時代初期の『日本霊異記』には狐の話が見えるけれども、この頃に中国から狐のあやかしの

情報が入ってきたと考えられている。

（……話上手いな、越智さん）

講演に聞き入っているのは彩乃だけではないようで、高校生や大人たちも麻里子の冗談を交えた説明にくすくす笑い、あるいはほう……と感嘆のため息をついている。

（……〝天才〟か）

麻里子には美貌があり、もともと頭も良かったのだろう。

それでも堂々たる講演ができるようになるまでは研究を重ねてきたはずだ。甘いデザインのワンピースに似合わぬ日焼けした肌だって、その証拠だ。

でも彼女の足元には天邪鬼がいる。

講堂には大勢の聴衆がいるが、あれが視えるのは彩乃だけというのが歯痒くてならない。いっそ、誰かの目に映って「お化けがいる！」と大騒ぎしてもらったほうが楽に解決したのではないかと思う。

「…………」

音を立てないように、彩乃はそっと席を立つ。

ビデオカメラの録画時間とバッテリーの残量を確認。事前に充電しておいたので講演終了時刻まで余裕で保つだろう。麻里子はステージ中央から動かないから、三脚をセットしておけば講演終了まで操作する必要はない。

スタッフ用の小扉からバックヤードの通路へと入る。

講堂は豪華な音響設備に絨毯と立派な建物だが、客の目に触れない裏側は殺風景なものだった。彩乃はこの講堂に入るのは初めてだが、院生時代によく母校の講堂を駆けずり回っていたので構造はおおよそ見当がつく。

それに多少迷ったとしても、〝先生〟が講堂を歩き回っていたところで特に誰に咎められることもない。

（……実際はただの非常勤なんだけど、まあいいか）

きょろきょろと通路を見回し、足音を忍ばせてステージの袖へと向かう。

演劇のように大勢の人間が出入りする舞台ではないので、ステージ脇でスタンバイしている人間は多くない。念のため待機してもらっている警備員が一名、裏方の院生、そして司会の榎本だ。

（すみません、あんまり騒がしくしないように気をつけるので……）

もっと早く天邪鬼を追い払えればよかったのだが、あの後彩乃は行列整理に追われ、また鈴木准教授にガードされて麻里子に近づくこともままならなかったのだ。何より榎本がまったく協力してくれないときている。

今のところ講演はスムーズに進んでいるが、いつまで続くかわからない。

（……ステージにいさせたら、悪戯でひどいことになりかねないし）

本来、天邪鬼の悪戯というのはごく小さなものなのだと思う。本心と真逆のことを口にしてしまったり、確かに鞄に入れたはずのものが入っていなかったり。

けれども嫌がらせの規模と人間がどのくらい不幸になるかは別の話だ。

たった一度の不正、嘘が研究者には命取りとなる。

天井まで資料が積み上がった実家の和室を思い出す。祖父は大学を追われた後も在野で研究を続けたけれども、家族の理解すら得られず寂しい最期を迎えた。

できれば麻里子には二の轍を踏んでほしくない。

（……いた）

視線の先では、榎本がステージ袖の壁に寄りかかって講演を聴いている。

気怠げに腕組みするだけの姿がモノトーンの絵画のように様になっている。まあ頭の中では講演内容とはまったく関係ない研究のネタ、あるいはムカつく人間にどう嫌がらせをするか考えている可能性も高いのだが。

「…………」

それを手にした指先にぐっと力を込める。

講演のスライドを印刷したプリントで折った紙飛行機である。

プリントにはさきほど麻里子が話していた、古代に埋葬された犬の図版も載っている。まるきり小学生の悪戯だが、ただのキーホルダーでもおとら狐には効果があったのだ。ならば紙飛行機でも多少の威力はあると思いたい。

（けどお狐様なら天邪鬼より強いって、先輩自身が言ってたし）

天邪鬼が講堂で平気な顔でいるのは、榎本が人間に化けているせいだろう。けれども彼が狐の本性を露わにすれば怯えて逃げ出すのではなかろうか。

――それは祖父の無念を覚えている彩乃にとっても、胸のすく光景のはずだ。

（ううっ、死ぬほど怒られるだけですむといいなあ……）

物陰からこっそり紙飛行機を飛ばそうとして、そして。

――暗闇に光る金色の目が、彩乃を見据えた。


「……この阿呆」

榎本は深々とため息をついた。

彼の目の前で、彩乃は紙飛行機を構えた体勢のまま硬直している。

三十歳手前の社会人とも思えない、あまりにしょうもない姿だが、

「あー……あのー、先輩、お疲れ様です」

「思い切り化かされやがって、このド阿呆」

彩乃が何を考えていたのかはおおよそ想像がつく。間抜けとしか言いようがないが、しかし五百年もこの世に在れば、別に驚くほどのことでもないか。

「化かされ……って、私は天邪鬼とかに憑かれたりはしてませんけど」

彼女はあやかしを視る目を持っているので、他の人間のようにあやかしを誤認して勘違いすることはない。それは得難い資質なのだけれども、

「なら言い方を変えてやる。お前はありもしないものがあると思い込んだんだ。――それを、化かされたと言わずになんと言う?」

話しながら一瞬、おかしな気分になる。まさか狐である自分が、人間に化かしの講義をすることになるとは。

人間は見たいものしか見ない。

都合の悪い真実を見逃し、時として存在しないものを〝在る〟と思い込んでしまう。自殺した女子学生の霊に苛まれた老教授、生贄となった娘の呪いに怯え続けた親子、彩乃だってそんな人間を何度も目の当たりにしたはずだ。

けれども自分だけはそうはならないと思い込んでいたなら、そんなものはただの傲慢でしかない。

「お前の祖父さんと同じように、天邪鬼が越智女史に憑いて捏造をやらせたとでも思ったんだろうが」

「そうですよ、そうに決まってるでしょう!?」

「阿呆。あの天邪鬼は、お前が帰省したときにくっつけてきたんだよ」

「…………へ？」

まるで想像していなかったらしく、彩乃は口を開けたまま固まった。

「しばらく、お前の後ろをずっと小鬼がくっついて回っていたぞ。間抜けなお前は気付いてもいなかったみたいだが」

「早めに言ってくださいよそういう大事なことは⁉」

「断る。なんで僕がいちいち教えてやらなきゃいけないんだ」

喚く彩乃を、榎本は肩をすくめてやり過ごした。

彩乃は呆然と立ち尽くしていたが、

「じゃあ、いつ越智さんに憑いたんで…………あ」

どうやら思い当たる節があったようだ。麻里子は先日、打ち合わせのためこの大学を訪れていたから、その際に大学のどこかですれ違いでもしたのだろう。

同じタイミングで天邪鬼は彩乃から麻里子へとターゲットを変えた。

「あれ……じゃあ待ってくださいよ。越智さんに憑いたのが先週なら……」

麻里子や沢田名誉教授にまつわる不正の噂はずいぶん前から出回っていたようだし、彼女が注目されるきっかけとなった発掘調査も一年以上前のことだ。時系列的にあの天邪鬼が悪戯を仕かける余地はない。

ならば考えられる可能性はふたつ。

ひとつめは麻里子たちはなんら疚しいことはしておらず、華々しい成果をやっかんだ周囲が噂を撒き散らしただけというパターン。あるいは、

「天邪鬼のせいじゃなくて、自分から捏造をやってたのかも……？」

どちらであるかは尋ねてみないとわからないが、いずれにせよ、あやかしが捏造を示唆したなどと考えるよりもそのほうがよほど自然だ。

「じゃあ、あの天邪鬼は実は何もしてない……？」

「どうだかな」

さすがに榎本も他のあやかしの行動をすべて予測できるわけではない。

「ただ先週から今日までに起こったことからすれば……」

榎本は言いかけたところで、渋い顔で黙り込んだ。

言うまでもないが、今、二人は講堂のステージの袖で小声で話している。そのため麻里子の表情やスクリーンに投影したスライドは読みづらいが、逆に客席の様子はよくわかる。前列で楽しげに講演を聞いていた聴衆の表情が、いっせいに困惑に変わったようだった。

「――あら……？　すみません、少々お待ちください」

麻里子が少し慌てた声で手元のパソコンを操作している。どうもスライドがうまく表示されなくなってしまったようだ。

「私、ミキサー室見てきたほうがいいですか？」

「いや、あっちには情報システム《情シス》学科の奴がいる。それに、そっちじゃない」

キーボードを叩く麻里子の指が遠目にもわかるほど震えている。

まるで当人の意思に反するように——あるいは躊躇するかのように。

ぱっと、スクリーンの表示が切り替わった。

「…………え？」

聴衆には、すぐにはその意味はわからなかったはずだ。

だが榎本をはじめ大学関係者はよく知っている。早朝から呼び出しを食って対処に追われる羽目になった、まさにその原因だ。

「例の脅迫状と、一言一句同じだな」

「……ですよね」

件の脅迫状は昨夜遅くに大学の正門に貼り付けられていたらしい。夜間に巡回していた警備員がそれを発見、早朝からの合議となったわけだ。

ただそういう経緯なので、コピーならともかく文面をデータで持っている人間はいないはずなのだ。パソコンで打ち込み直していれば話は別だが、麻里子にそんな暇はなかったことを関係者は皆知っている。

と言うことは、

「……脅迫状は、越智女史の自作自演か」

正確に言うならば、麻里子が天邪鬼に唆されてやった、だが。

不正の噂が本当なら、脅迫状をきっかけに再調査が行われるようなことになれば麻里子と沢田名誉教授、考古学研究室は破滅である。――決してやってはいけないこと、本心とあべこべのことだからこそ天邪鬼はそう唆した。

「天邪鬼《あまのじゃく》は……」

そこで榎本は眉をひそめる。

榎本はてっきり彩乃が怒り狂うかと思っていたが、彼女はむしろ沈痛な面持ちをしていた。

「……限界だったんでしょうかね、越智さんも」

「どういうことだ？」

「先輩の口癖じゃないですか、人間は見たいものしか見ないって。越智さんも都合の良いことを考えたことがあるから、きっと天邪鬼の悪戯に引っかかったんです。……それをたぶん、私の祖父も」

これは後日、麻里子に改めて話を聞いてわかったことであるが。

日本列島にはいつ頃から人が住んでいたのか、いかなる歴史を辿ってきたのか――この学問は発見と更新を繰り返してきた。有り体に言えば、既存の遺跡より古い地層から新たに石器などが発見されれば、「実はもっと前から人間がここで暮らしていた」ということになって年表が書き換えられるわけである。

そのサイクルの中で沢田名誉教授のチームは新たな遺跡の発掘に成功、その功績によって明洋大学に迎え入れられた。

けれども、いつだって研究は博打なのだ。

二度、三度と勝てるとは限らず、さりとて世間と理事会からは常に前回以上の成果を求められる。それは想像を絶するプレッシャーのはずだ。

強引に成果をでっち上げて乗り切ろうとすることもあるだろう。

しかし、牽強付会《けんきょうふかい》と綱渡りを繰り返す中で不名誉な噂が広まっていった。

（〝無理をしているようだ〟……ね）

守谷教授の言い回しだが、言わんとすることは狐の榎本にも理解できる。

（その払拭のために担ぎ出されたのが、越智女史か）

たとえ遺跡から無事に石器やら何やら見つけたとしても、自身の発見を確かなものと認めてもらうためにはさらなる証拠が必要となる。

沢田名誉教授の説を裏付ける有力な傍証が必要だった。

そして――その発見に華々しいストーリーがあるに越したことはない。

彼女に白羽の矢が立ったのは、若く美しい女性であるという以上の理由はないだろう。昔からそんな旗印を必要とする場面はいくらでもある。

けれども、当の麻里子が耐えられなくなっていった。

欺瞞に欺瞞を重ねるのも、メディアの注目を浴び続けるのにも。

すべてをぶちまけて楽になりたいと思ったことも一度や二度ではなかったそうだ。尊敬する沢田名誉教授に迷惑がかかるのはわかっていたから、夢想するだけで実行するつもりなどなかったそうだが。

「……天邪鬼はあべこべの悪戯をして、不幸にさせるあやかしですけど」

彩乃のため息は重かった。

「それが本音と一致してしまうこともあるんですね。……いえ、不幸になりたいとかそういう人はいないでしょうけど」

（人間の如何ねえ……）

やはり学問の道は険しい。

客席の聴衆のほとんどは戸惑った顔をしているが、中には「まさか」「本当に」という呟きも混じっている。メディアに注目される新進気鋭の研究者の講演とあって、他大学からも聴きに来ている者がいるらしい。

「先輩。これ、……どうにかなりませんか」

彩乃は懇願するように榎本を見上げてきた。

「洗いざらい暴露するのが越智女史の本音だと、さっき言ったばかりだろうが」

「そうですけど、でも嫌なんです。このままだと越智さんはキャリアも何も全部終わりじゃないですか」

「あのな。いくら僕でも、なんでもかんでも好きにできるわけじゃない……」

榎本が天邪鬼を放置していたのは、天邪鬼とはそういうものだからだ。

人間の感覚に直せば自然現象に近いだろうか。本能のまま、長い時間そこらを漂っているだけのものをいちいち取り払おうとしてもキリがない。むろん同胞を減らしたくないのも本当だが。

だいたい彩乃はあやかしはやりたい放題だと思っているようだが、そんなわけがない。あやかしパワーで書類を片付けられるものなら片付けたい。

けれども彼女はひとつ人間のありようを明かしてみせた。

ならば——あやかしのことはあやかしがやってやっても良い。

（それにどうせ、痛い思いをするのは僕ではなし）

内心で呟いて、榎本は薄い手袋を嵌めた手で一枚の札を抜き出した。

神仏の加護を込めた札はそれだけであやかしに痛手だが、これはその極め付けだ。なにせ犬の伝説が残る伊奴《いぬ》神社でわざわざ入手してきた、狐にとっては猛毒に等しい代物である。

むろん榎本も無痛とはいかない。厳重に封をして手袋を嵌めているからどうにか無事でいられるが、素手で触るなど考えたくもない。

その超威力の札を、榎本は無造作にステージへと指で弾き、

次の瞬間、講堂に暗闇の帳《とばり》が降りた。


『――――、～～～～～、てメェえええぇぇぇぇぇっ‼』

同時に、榎本の脳裏にがんがんと悲鳴が響く。

ただし、講堂にいる人間どもにあやかしの声が届くことはない。視界の隅で彩乃がふらっと倒れるのが見えたが、どちらかと言えば彼女のフォローのためなのにこれしきで卒倒するとは情けない。

『テメェ、なんつうモンを持ち歩いてっ……』

「最近、ストーカーに付き纏われていたからな。対策グッズくらい用意するさ」

『だからその、すとおかあってなんなんだよ！』

もともとこのお札は彩乃のキーホルダーからアイディアを得て、おとら狐に仕事を邪魔されないよう準備していたものである。幽霊騒動や市史調査に乱入されて、そのたびに尻拭いさせられて腹が立っていたのだ。

　そして今日も、姿を見せずとも近くにいることはわかっていた。ならば、せっかくだから役に立ってもらおうと思ったまでだ。

　案の定、犬のお札の衝撃のあまりおとら狐の隠行《おんぎょう》は崩れ、周囲に無駄にあやかしの力を発散してしまっている。

　要は、彩乃が榎本自身にやろうとしたことの真似だったりするのだが。

「お、お化け……？」

　本来あやかしが視えない人間でも、今ばかりはその存在を感じ取れているだろう。

　暗闇、その中に浮かぶ狐火、――そして左眼と左前脚を失った白い狐の姿。

「え、何、こういう演出なの？」

「だって狐なんか関係なかったでしょ、あれ絶対変だよ、だって眼が……！」

　戸惑う声、そして白い狐の異質さに泣き出す者も現れて早くも講堂は大混乱だ。

『人間どもを脅かすなら自分でやれよ！　そのためだけに俺をこんなっ……！』

「断る。ただでさえ人間に化けているのに、一気に力を吐き出したら疲れる」

『俺が疲れるのはいいのか⁉』

　おとら狐が喚くが、奴と違って自分はこの後も仕事があるのだ。

（あいつは……）

　正面に目をやると、ステージ上の天邪鬼はいつの間にか姿を消していた。

女神の裔と言えどもただの小鬼が、狐のあやかし……それも人間に憑くだけの力を持つ相手に敵うわけがない。これだけの騒ぎの引き金になったとは思えない、しょうもない幕切れである。

そして、麻里子は壇上で茫然と立ち尽くしていた。

「……あ……」

一瞬、麻里子とステージ袖の榎本の視線が絡み合う。彼女は怯えたように目を丸くしてから、困惑した顔で講堂を見回していた。

「……ふむ」

暗がりで素早くスマホを操作する。

それからようやく榎本はおとら狐に視線を向けた。

「ご苦労だったな。もう帰っていいぞ」

『テメェなぁあああ⁉』

言いつつ、ステージの床に落ちた札を慎重に拾い上げて封をする。もう一度伊奴神社に行くのはごめんなので、大事に再利用したいものだ。

『だいたいテメェ、今は人間やってんだろ、こんな真似して……』

「厳重な警備を敷いたはずだが、いやあ、脅迫犯に構内に入り込まれるとは思わなかった。プロジェクターと照明までジャックされる羽目になるとは」

『……テメェよお』

あからさまな棒読みにおとら狐すら呆れ声だった。

警備の連中はいったい何をやっていたのかと問題になるだろうが、講演会の主催を気取っていたのはあの鈴木准教授である。狐相手に偉ぶった祟りだと思って頑張って後始末をしてもらいたい。

『しかし、人間ってのはわけがわからねえな』

おとら狐が疲れ切った声で呟いている。榎本もそれにはわりと同感だ。

『〝大学〟で働きたい奴だの、そいつが嫌で自作自演かます奴だの、どっちかにしろよ。……で、テメェはなんでこんなところにいるんだ、学者狐』

「その呼び方はいい加減にやめろ」

まあ、おとら狐にも痛い思いをさせたことだし、そのくらいなら構わない。

榎本はごく短く自らの動機を語る。

『──あははは、こいつは傑作だ！　テメェ、そんなことを考えてたのか！』

「だから言っただろう、僕は人間ではなく狐だと」

『そりゃそうだけどよ、あんまり人間が板についてたから……あはははは』

おとら狐はなおも腹を抱えて笑っていたが、ふと白い狐の輪郭が薄らぐ。

力を使い果たしたようだ。むろん榎本もそれを狙って札を出したのだが。

『くそ、しばらく寝ないと駄目だこれ。……テメェ、覚えてろよ……』

「覚えていたらな」

最後はやはり憎まれ口で、おとら狐はほどなく姿を消した。同時に講堂に本来の灯りが戻ってくる。

しかし騒然とした人間どもはすぐには鎮まりそうもない。少しやりすぎたかと、反省しなくもない榎本である。

事態を収拾すべく榎本はマイクのスイッチを入れた。

*

かくて講演会は途中で強制終了した。

来場者にはあくまで講堂の設備の不具合と説明されたが、聴衆のほとんどは麻里子に同情し、あるいは妨害者に怒っていた。なにせ傍目には彼女は酷い嫌がらせ——脅迫状に加えて突然の停電、狐火に謎の白い狐のシルエットの投影まで——を受けたとしか見えなかっただろうから。

講演会を主導していた鈴木准教授は理事から大目玉を食らって生ける屍と化し、その他のスタッフも夜まで〝講堂まで入り込んで妨害した〟脅迫者探しに奔走させられた。後から意識を取り戻した彩乃もむろん含まれている。

むろん本当の犯人であるおとら狐を捕まえられるわけがないのだが、

(先輩は適当なこと言ってごまかしてたし……)

そして彩乃にとっては、その日は論文〆切前の最後の夜でもあった。

疲れ切った身体に鞭打つように、帰宅した後も徹夜で論文に没頭し――そして月曜日の朝を迎え、昼を少しばかり過ぎた今。

「……すみませんでした」

榎本の研究室で、彩乃は深々と土下座している。

明け方、完成した自分の論文(らしきもの)を眺めて「剽窃してしまった」とすぐに気づいたものの、もう修正する時間は残っていなかった。投稿予定だった学会誌の〆切は今日いっぱい、時間切れだ。

いつもは勝手に畳に上がるのだが、今日はリノリウムの床に正座だ。ふかふか座布団の上では謝罪も何もあったものではないだろう。

榎本は眉間にきつく皺を寄せつつ彩乃の後頭部を見下ろして、

「とりあえず、その剽窃した論文ってのを見せてみろ。どこにある?」

「データは一応残してありますけど……」

丸ごと消そうかと思ったのだが、内容の再チェックと切り分けをまだしていなかったのだ。彩乃はバッグからノートパソコンを取り出して文書ファイルを表示、そのままパソコンごと差し出す。

しかめ面でモニターを眺める榎本の前で、彩乃はなおも土下座で懺悔する。

（あああ、研究者のタブーがどうとかさんざん言っておきながら……）

偉そうに麻里子を糾弾しようとしておいて結局は勘違いだった上、自分自身もまたこのザマだ。情けなくて榎本の顔を見られやしない。

「……おい。聞いてるのか」

「は、はいっ⁉」

「いい加減にそれ止めろ、鬱陶しいだけでまるで話が進みやしない」

「……はあ」

それでは謝罪の意味がないと思ったが、当の榎本が言うのでは仕方がない。

「お前、『勧戒録選《かんかいろくせん》』は読んだことあるか？」

「え、かんか……なんです？」

唐突な問いに目を丸くする彩乃に、榎本が「清朝末期の、科挙の話を集めた本だ」と説明してくれた。

科挙とは中国において、隋から清まで王朝交代を経つつも連綿と続けられた官僚登用試験である。彩乃の専門はあくまで日本の民俗学なので、科挙については大学入試程度の知識はあれどさすがに中国の文献まで読んだことはない。

「その中に、蘇州の郷試（地方試験）の話がある。――ある若者が試験を受けている途中、よぼよぼの老人……こいつも受験者だが、具合が悪いと言い出したもんで、若者は慌てて薬を飲ませて看病してやった。だが、そんなことをやってたもんだから自分の答案を書く時間がなくなってしまった」

榎本は中国の文献の内容をまるで手元にあるかのようにすらすら語る。

「老人はその若者に言った。『自分の答案はなかなか上出来だと思うのだが、清書する時間も体力もない。代わりにお前さんにこれを提出してほしい。自分の名でなくとも、自分の答案が優秀な成績を修めるのを見て死にたい』……ってな」

彩乃はごくりと息を飲んだ。

「で、その若者はどうしたんです……？」

「言われた通りに、老人の答案を書き写して提出した」

「それただのカンニングじゃないですか！」

「だが、そのお陰で若者は第一位の成績で郷試を通過した」

彩乃の叫びをしれっと無視して、榎本は淡々と中国の故事を語る。

（これは私への説教なの、嫌味なの……？）

どれだけ詰られても仕方ないと覚悟して来たが、よくわからない小噺である。

「でも、科挙って厳しいので有名な試験ですよね？　それでカンニングって……」

「科挙は代々の皇帝が直々に行う重要な行事だ。試験会場では所持品検査の後にカーテンのかかった個室に入れられて、試験が終わる三日後までは何があっても出られない。他の受験者の面倒なんて見られるわけがないんだ。そもそも公平を期すため試験は三度に分けて行われていたし」

「……つまり、どういうことなんです？」

もう彩乃は何がなんだかわからない。

「昨日の騒ぎで、偽物に手を出す奴の気分っていうのがよくわかっただろう」

「……そうですね。ええ、この上なく体感しました」

お狐様の皮肉に彩乃は干からびた笑みしか浮かべられなかった。

世の中で自分だけが賢く、真実を知っているなどということはない。人間は見たいものしか見ず、いともたやすく騙されてしまう。偽書であれ都合の良い考えであれ、あやかしであれ、そこにさしたる差はない。

彩乃の研究は、事実が歪められて架空の伝承が生まれていく過程である。

けれども騙された人々にだって、きっとそこに想いや考えはあったのだ。

「この話だが、受験者自身もきっと驚いたんだろうよ。時間が過ぎるのもわからないほど集中して、いざできあがった答案を見てまるで自分が書いたものではないようだと思った。そこで『爺さんに親切にしたから』なんて話を頭の中で作り上げたのさ」

それは彩乃にもなんとなく理解できる話だ。

榎本はいつもとまったく変わらぬ仕草で肩をすくめて、

「良かったな。お前は研究対象についての考察を深めたことで、科挙のトップ合格者と同じ体験ができたんだ」

「…………はあ」

彩乃は目と口をぽかんと開けて、気の抜けた声を漏らすしかできなかった。

「だいたい他人の論文を剽窃したと言ったが、どれに載っていたやつだ？」

「あ……あれ？」

言われて彩乃は目を瞬かせた。

確かに、誰かの論文をそのまま書き写したような覚えはあるのだ。

時間がないので自宅の学会誌やコピーの束から転記元を探す間もなく飛び出してきてしまったが、そういえばどれを見たのだったか。いや、それは本当にあの紙束の中にあるのだろうか？

「た、たぶん社会民俗学会のは何冊も横に積んでたので、そこから……」

「それは創刊号から全部読んでるが、こいつと同じものはなかった」

頭に大蔵経その他が丸ごと詰め込まれている榎本が言うならそうなのだろう。

彩乃はしばし茫然とした後、やっとのことで言葉を絞り出す。

「あの……私は、また化かされてたんでしょうか」

「そういうことだな」

きっぱりはっきり断言されて、彩乃はがくりと床に両手をついた。

「毎度毎度一人合点しやがって、この阿呆。しかも二日連続。お前には学習能力というものがないのか、その博士号は本当にただの飯粒じゃないのか」

まったくもってその通りなので、彩乃は項垂れるしかない。

(……こりゃ駄目だな、本当に)

どうやら剽窃したと思い込んだのはまたも勘違いだったようだが、榎本とて不出来な後輩の面倒をいつまでも見てくれないだろう。

「――おい」

「は、はい!」

「この論文、〆切は今日いっぱいだったな?」

「あ……、はい」

「さっさと送信しろ。社会民俗学会はまず延長措置がないからな」

なお学会誌の論文投稿〆切が延長されることは実はザラにある。事務局に問い合わせるとあっさり延長が認められたり、逆に延長されないのがウリの学会誌があったり、あるいはごくまれに延長なしで受付終了して全国の研究者が阿鼻叫喚にもなる。学生たちにはレポート〆切を厳守させる大学教員がそれでいいのかどうかはさておき。

「わかりまし……」

言いかけたところで、彩乃はまたもぽかんとする。

「……いいんですか？　私、その……」

「勘違いしているようだが、別に僕にはお前の研究を邪魔する権限はないぞ。……それに、このくらい書けていればなんとかなるだろ」

彩乃は目を瞬かせた。

相変わらず迂遠な言い回しだし、普通に人を褒めることをしないお狐様だ。

（でも、出来を認めてもらえたのってもしかして初めてじゃない？）

「それから……さっき、越智女史からメールの返事が来たんだが」

「越智さんに連絡取ったんですか⁉」

講演会の後に麻里子とはとうとう挨拶する暇もなかったので、彼女はいったいどうするのかと気になっていたのだが、榎本は昨夜のうちに連絡していたらしい。確かに入試広報課なり鈴木准教授に尋ねれば連絡先は簡単にわかるだろうが。

「少なくとも、春日大《うち》の公募に出すつもりはないとさ」

脅迫状の自作自演に気付いているのは天邪鬼が視える彩乃と榎本だけで、麻里子はあくまで脅迫を受けた被害者ということになっている。

ただ――何か吹っ切れたのか、当の麻里子にはもう明洋大に居続ける意思はないらしい。

「できるだけ早く論文を撤回したいと言っていた。……沢田名誉教授がどういう御仁かは知らないが、まあ苦労はするだろうな」

祖父とは違う結末を迎えたとはいえ、それとて険しい道には違いない。

ただ、麻里子が自身の意思でそれを選べたことに彩乃はほっとした。

「さて、話は終わりだ。さっさと行ってこい。僕にもまだ今日中に片付けないといけない仕事が山ほどあるんだ」

榎本はげんなりした顔で手を振りつつ、

「こっちは、お前を入れる新設コースのカリキュラム案を作って出さないといけないんだ。既存の学科をコースに置き換えるだけならまだ早いんだがな、全部の授業にキャッチコピーを付けて、いったい何の役に立つんだ……」

ぐちぐち文句を言っている。学部再編とは本当にやることが多いらしい。

「僕の手続きが間に合わなかったらお前のせいだからな」

「それはさすがに責任転嫁じゃないですかねえ⁉」

喚きつつ、彩乃は立ち上がった。

狐と学者の話

翌年の四月は彩乃にとっては慌ただしく、榎本には清々しいものとなった。

形式上の公募の手続きを経て、彩乃は春日大学に採用された。

ただし正式に常勤となるのは人文学部がコース制に移行する二年後のことで、それまでは嘱託助教という、やっぱり任期付きの身分である。まあ昇格は約束してもらっているし、月給制になって塾講師のバイトを辞められただけずいぶん楽になった。

（ちょっと早いけど、自分の研究室ももらえたしね！）

なお榎本が開放感にひたっているのは、二年間の学科長の任期がようやく切れたからである。

そんなわけで事務員や他の教員との面識はあるものの、彩乃は改めて挨拶回りをし……そして最後に、すっかり通い慣れた研究棟の一角へとやってきた。

新調したスーツに身を包む彩乃の前に佇んで、榎本がにこやかに微笑む。

「改めて、これからよろしくお願いします。――佐々木先生」

「え……、ええ、こちらこそよろしくお願いします。榎本先ぱ……」

差し出された手を彩乃は不思議な気分で見つめた。

彩乃にとって榎本はまず大学の研究室の上級生であり、恐ろしいお狐様であり、もつれた謎を解いてくれる頼れる相手だった。いつも彼は見上げる対象であって、正面から向かい合うことはなかったように思う。

「――今後ともよろしくお願いします、榎本先生」

がっちりと握手を交わす。

けれどもこれからは同僚であり――そして同じ分野のライバルだ。

榎本はいつも通り文机で仕事をしていたようだが、彩乃を部屋に招き入れてくれた。学科長の仕事がなくなってそのくらいの余裕はできたらしい。

彩乃は密林のごとく本棚が林立する部屋を改めてしみじみ眺めて、

「私も、研究室に荷物まとめて持ってこないといけないんですけど……」

「急がなくても、どうせそのうち資料で埋まるだろ」

ふと彩乃は文机の一角に目を止めた。

榎本の定席から手が届く位置にファイルと本がいくつか収められている。

「あの、榎本先生。……なんで『嗚呼矣草』をそんな大事にしてるんですか？」

以前に借りたこともある本だが、やっぱりわからなかったのだ。

問うと榎本はにやりと笑って、

「せっかくだ、二年ばかり早いが就職祝いにひとつ昔話でもしてやろう」

　榎本はついと文机の一角を指差して、

「『嗚呼矣草《それ》』の二巻だ。お前も前に貸したときに読んだはずだな」

「そりゃ内容は知ってますけど、先生の記憶力と一緒にしないでください！」

　彩乃は榎本に指示されつつ慎重にページをめくる。榎本はずいぶんこの本を大事に扱っているようだが、特定のページだけ癖がついて少し開きやすくなっていた。

「……狐の話ですね」

　描かれているのは、子供に憑いた変わり種の狐の話だ。

「えーと、諸子百家から何から暗記している狐のあやかしが子供に憑いて、祓おうとする人を片っ端から論破してたけど、学者の機転に負けて逃げていったっていう……」

　ざっくり要約し——そして、彩乃は恐る恐る顔を上げた。

　さっきは穏やかな人格者と見えた榎本の顔が、にやりと——それこそこの本に挿絵として入れたくなるような、悪巧みする狐の顔になっている。

「……あの、勝手に本のネタにされたのがそんなに嫌だったんですか？」

「いや？　むしろ、それを書いた奴に褒美をやりたいくらいだ」

「じゃ、人間に言い負かされたのがそんなに悔しかったんですか……」

「いや」

　榎本は皮肉げに笑った。

「その本にあの学者の名前は載っているが、僕のことは野狐としか書かれていないのが腹が立った。なら学問を続けて、いつか太宰春台《あいつ》よりも偉い学者になってやろうと思ったまでだ」

　ちなみにこの妖怪譚で狐を懲らしめた太宰春台という学者は、江戸時代の儒学者・荻生徂徠《おぎゅうそらい》に学んだ人物である。現代人にもわかりやすい功績は、『経済』という言葉を広く世に知らしめたことか。

「いつか、あやかしを人間どもの流儀できちんと定義してやれたら、僕の名前が教科書に載るかもしれないだろう？」

「……それは」

　彩乃は言葉を失った。

　それは彼女がずっと恨みがましく考えているけれども実現できていない、〝あやかし〟の存在を論文に書くことに他ならない。

「いずれ全国の学生が試験のたびに僕の名前を暗記するようになる。狐のこの僕の名前をだ、面白いだろう」

　まるきり悪役じみた台詞で、榎本は高らかに笑っている。

「あの……この話って、ただ暗記するだけじゃなくてちゃんと学問の真髄を学んで立派な人になりなさいよ、って風に読めるんですけど……」

自分の読解力不足だろうかと、何度も和綴じの本を読み返す彩乃である。

「それなのに先ぱ……先生、全ッ然反省してないじゃないですか！」

「なんでこの僕が人間なぞに反省させられないといけないんだ」

偉そうに榎本はふんぞり返ったのだった。

（そうだ、こういう人……じゃないけど、狐だった……）

榎本は新たな知識を得るのに執着しているが、その理由もここにあるようだ。まあ最大の理由はやはり面白いからなのだろうが。

そして、彩乃ははたと気づく。

この榎本と自分はもうじき同じ立場なのだ。

（……これから私は、こんなお狐様と伍していかないといけないのか）

研究者が戦わなければならない相手は数多い。

同じ分野で成果を競い合う同業者。研究時間を根こそぎ奪っていく会議に事務仕事に受験業務、学生トラブルと保護者のクレーム、スポーツ大会に学園祭での焼きそば作り、理事長や理事会、文科省とか文科省、その他諸々。

そして歴史上に名を残すあまたの過去の学者たち。

（ついでに、さらにお狐様が加わる、と）

頭がくらくらする。

けれども、それが彩乃が選んで——やっとのことで辿り着いた道なのだった。

「……あ」

そこでチャイムが鳴った。

「お前、この次のコマは授業があるんじゃなかったか？」

「そうです、……うわ、次の授業講堂でやるので遠いんですよ、急がないと！」

彩乃の授業日程まで覚えている榎本の記憶力が恐ろしいが、今はそんなところに怯えている暇はない。初回の授業はオリエンテーションをやるので授業準備はほぼ必要ないことだけが救いか。

重いバッグを抱えて、彩乃はぱたぱたと廊下を駆け出した。

主要参考文献一覧

『日本随筆大成』（第一期　第一九巻）吉川弘文館
『郷土研究』（四巻六号・四巻七号）郷土研究社
『柳田國男全集』（五巻・六巻）柳田國男著　筑摩書房
『鳥山石燕　画図百鬼夜行全画集』KADOKAWA
『妖怪談義』柳田國男著　グーテンベルク21
『民俗学とは何か―柳田・折口・渋沢に学び直す』新谷尚紀著　吉川弘文館
『井上円了と柳田國男の妖怪学』三浦節夫著　教育評論社
『定本実録大江戸奇怪草子　忘れられた神々』花房孝典著　天夢人
『学校の怪談　口承文芸の研究1』常光徹著　KADOKAWA
『生贄と人柱の民俗学』礫川全次著　批評社
『続南方随筆　覆刻』南方熊楠著　沖積社
『日本の偽書』藤原明著　河出書房新社
『発掘狂騒史――「岩宿」から「神の手」まで』上原善広著　新潮社
『科挙　中国の試験地獄』宮崎市定著　中央公論新社

コミックポルカ

隣の席の佐藤さん

漫画／sumie　原作／森崎 緩
キャラクター原案／げみ

地味で、とろくて、気が利かなくて。おまけに大して美人でもない、クラスメイトの佐藤さん。なのに隣の席になった途端、気になり始めたのはなぜだろう。第六回ネット小説大賞受賞作品のコミカライズです。

一二三文庫

隣の席の佐藤さん

森崎緩　装画／げみ

——僕は佐藤さんが苦手だ。地味で、とろくて、気が利かなくて、おまけに大して美人でもない佐藤さんと隣の席になった、ひねくれもの男子の山口くん。何気ない高校生活の日常の中で、認めたくないながらも山口くんは隣の席の佐藤さんに惹かれていく。ある時、熱を出して倒れた佐藤さんの言葉をきっかけに二人の関係は急速に変わっていく……。甘酸っぱくてキュンとくる、山口くんと隣の席の佐藤さんの日常を描いた青春ストーリー！

一二三文庫

檸檬喫茶のあやかし処方箋《レシピ》

丸井 とまと　装画／六七質

あやかしを視る力を持ち、その力のせいでいじめられた過去のある清白紅花は人と関わらないように高校生活を送っていた。 しかし、とある事件をきっかけにクラスメイトの八城千夏が祖母の営む喫茶店を訪れることに。紅花と祖母が住む、喫茶店「檸檬喫茶」には不思議な檸檬の木が生えていて……。優しくて、ちょっぴり切ない、人とあやかしとの交流の物語。ボーイミーツガール大賞受賞作！

一二三文庫

鴻上眼科のあやかしカルテ

鳥村 居子　装画／鴉羽 凛燈

「はっきり言うとお前は呪われている」再就職先での出勤初日、看護師の月野香菜は院長の鴻上医師にそう告げられる。戸惑いながらも、看護師を続けるために呪いには負けていられないという強い気持ちを鴻上にぶつけると、その日のうちにあやかしの患者がいる病棟に配属となる。人語をしゃべる子狸やあやかしが視えなくなった占い師、色覚異常の管狐など、あやかしの存在に触れ、自身の看護師としてのあり方を探る香菜だったが……。

一二三文庫

お狐准教授の妖しい推理

2020年10月5日　初版第一刷発行

著　者　藤春都
発行人　長谷川　洋
発行・発売　株式会社一二三書房
〒101-0003
東京都千代田区一ツ橋2-4-3 光文恒産ビル
03-3265-1881
http://www.hifumi.co.jp/books/

印刷所　中央精版印刷株式会社

ISBN 978-4-89199-669-7